I. S. Irmgard Herold

Die Seuche

im Zeitalter der künstlichen Intelligenz und ihre Auswirkung auf die Gesellschaft

Copyright: © 2020 I. S. Irmgard Herold
Lektorat: Erik Kinting – www.buchlektorat.net
Umschlag & Satz: Erik Kinting

Verlag und Druck:
tredition GmbH
Halenreie 40-44
22359 Hamburg

978-3-347-16136-8 (Paperback)
978-3-347-16137-5 (Hardcover)
978-3-347-16138-2 (e-Book)

Bibliografische Information der Deutschen National-bibliothek:
Die Deutsche Nationalbibliothek verzeichnet diese Publikation in der Deutschen Nationalbibliografie; de-taillierte bibliografische Daten sind im Internet über http://dnb.d-nb.de abrufbar.

Prolog

Im Jahre 2020 brach eine Seuche über Deutschland, ja pandemisch über die ganze Welt, herein. Ein neuartiges Coronavirus, genannt *SARS-CoV-2*, breitete sich von Wuhan aus zuerst in China aus und dann über den gesamten Globus. Die Krankheit, die das Virus verursachte, wurde von der WHO *Covid-19* genannt. Dies hat das Leben der Bevölkerung der ganzen Welt dramatisch verändert, die gesamte Weltwirtschaft geradezu apokalyptisch in die Nähe des Abgrunds gezogen und Hunger und Not der unter Armut leidenden Bevölkerungsgruppen dramatisch verstärkt.

Wie das eine Bürgerin der ganz normalen Mittelschicht in Bayern erlebte, wo die Seuche schwerer wütete, als in anderen Bundesländern, mit all ihrem ungläubigen Staunen, Reflexionen, auftretenden Emotionen wie Kummer und Ängsten, davon erzählt dieses Buch. Schlussendlich überdenkt die Verfasserin religiöse und spirituelle Sichtweisen, Ursachen beziehungsweise Lösungsansätze verschiedener Lehren, die den Umgang mit dieser gigantischen Krise eventuell erleichtern oder helfen, das Geschehen einzuordnen und vielleicht neu zu bewerten.

Spielt Gott Golf? Hier werden kritische Fragen gestellt, wie haltbar oder objektiv Glaubensstrukturen sind und inwieweit man seine persönlichen Schlüsse aus dem Zeitgeschehen bezüglich seines Glaubens ziehen könnte.

Vielleicht ergreift die Menschheit die Chance zum Aufbruch in eine neue Zeit, mit mehr Respekt und Achtsamkeit gegenüber Natur, Tierreich und auch der Bevölkerung, vielleicht in eine in vielerlei Hinsicht bessere Zukunft.

Alle chronologischen Angaben entstammen aus den Berichten der Presse.

Kapitel I

Wuhan

Es war Mitte Januar 2020. Wie meistens machte ich es mir abends in meinem Wohnzimmer bequem, verspeiste meine Brotzeit und sah dabei Nachrichten. Noch erfüllt von einem entspannenden und unterhaltsamen Wellness-Aufenthalt über die Feiertage des Jahreswechsels in einem komfortablen Hotel, wo ich die Abende immer nach dem Dinner an der Bar verbrachte, genoss ich nunmehr wieder die Gemütlichkeit zu Hause.

Zunächst – eher abgelenkt von dem köstlichen Käse, den ich gerade verspeiste – verfolgte ich nebenbei die Nachrichten. Man berichtete über den Ausbruch einer schweren Lungenerkrankung in China, Region Wuhan, ausgelöst durch ein neuartiges Coronavirus, man sah Amateuraufnahmen von Menschen auf den Straßen, die plötzlich wie die Fliegen umfielen und dramatische Bilder aus dem Inneren von Krankenhäusern, wo Schreiende gewaltsam irgendwohin geschleppt wurden oder weinend auf Fluren herumlagen, dazu hektisch herumlaufende stark vermummte Ärzte. Die Gefühle der Gemütlichkeit vergingen mir, angesichts dieser aufschreckenden Bilder, die viel menschliches Leid und komplettes Chaos vermittelten. Mein Käse blieb mir sozusagen im Halse stecken.

Das kann doch nicht sein, dachte ich, dass ein straff geführtes Land wie China, so eine Infektionswelle nicht in den Griff bekommt. Und, wie konnte das überhaupt so weit kommen?

Es wurde nach Erklärungen und nach Ursachen gesucht. Eher zögerlich gab das Regime Chinas Informationen frei. Man sprach davon, dass dieses Coronavirus von Tieren auf Menschen übergesprungen sei, aber keine Ansteckung zwischen Menschen erfolgen könne, und machte Vorgänge auf einem Markt in Wuhan verantwortlich, wo massenhaft teils exotische lebende Tiere in Käfigen zum Verzehr feilgeboten wurden, wie zum Beispiel Fledermäuse. Man sah Menschen, die sich gekochte Fledermäuse mitsamt Kopf, Augen und Zähnen in den Mund schoben …

Schaudernd vor Ekel musste ich mich abwenden.

Die Regierung Chinas beschwichtigte und relativierte mit dem Grundtenor, dass sie alle erforderlichen Maßnahmen ergriffen hätte und die betroffene Stadt bereits abgeriegelt wäre, sodass sich diese Infektion nicht weiter verbreiten könne.

Eher beruhigt verfolgte ich dann die Ausführungen der übrigen Nachrichten. Die Berichterstattung vermittelte ein lokales Geschehen, Asien war weit weg und ich erinnerte mich an Infektionsausbrüche wie Rinderwahn, Schweine- und Vogelgrippe, SARS, Ebola in Afrika, die allesamt nach einiger Zeit wieder abebbten und die Bevölkerung Deutschlands nicht spürbar bedroht hatten. All diese Erreger hatten sich nicht exponentiell über Kontinente hinaus oder gar pandemisch über die ganze Welt verbreitet. Zudem war es für mich einleuchtend, dass die chinesische Regierung mit ihrem autoritären System die Dinge schnell im Griff haben und eine Ausbreitung über ganz China oder gar die eigenen Grenzen hinaus verhindern würde.

Mit dieser Auffassung fand ich mich übrigens in guter Gesellschaft. Sowohl unser Bundesgesundheitsminister als auch der Chef des *Robert-Koch-Instituts*, kurz RKI, vertraten die Meinung, dass weder für Europa noch für die Welt Gefahr bestünde. Demzufolge wurden bei uns auch keinerlei Schutzmaßnahmen getroffen. Die Regierung belieferte im Gegenteil China noch mit Materialien, wie Mund-Nasen-Masken aus deutscher Produktion, um dem chinesischen Volk Hilfe zu leisten, was unter anderen Umständen ja lobenswert gewesen wäre. Wochen später erfuhr man allerdings, dass ein deutscher Hersteller das Gesundheitsministerium angeschrieben hatte, um zu fragen, ob er wirklich die ganzen Schutzmasken nach China liefern solle und ob wir die nicht selber brauchen … Er bekam keine Antwort. Die Anfrage hatte das Gesundheitsministerium an das Verteidigungsministerium weitergeleitet, das ja bekannt ist für effiziente Beschaffung der von der Bundeswehr benötigten Materialien. Hätte sich damit jemand mit Sachverstand befasst, wäre die Bundesrepublik nicht Wochen später bezüglich Schutzkleidung, Masken und Desinfektionsmitteln gehörig in die Klemme geraten. Es hatte sich aber keiner umsichtig darum gekümmert. Man könne ja bei der Vielzahl nicht alle Anfragen beantworten, war das sinngemäße, öffentliche Statement des Gesundheitsministers später auf Nachfragen von Reportern.

Dass in unserem Lande jedoch genau diese Schutzmaterialien in keiner Weise in ausreichender Menge vorhanden waren, um einer Epidemie bei uns angemessen begegnen zu können, hatte scheinbar niemand aus der Regierung beziehungsweise von verantwortlichen Stellen auf dem Schirm. Das sollte sich als schwerer Fehler herausstellen.

Das ganze Land, die Regierung und die Fachleute wirkten relativ entspannt angesichts der Geschehnisse in China. Warnende Stimmen namhafter Virologen wurden teilweise von Kollegen sowie vom deutschen Gesundheitsminister Jens Spahn in einer Talkrunde sofort beschwichtigt. Der anwesende Virologe, dessen Ausführungen er abgeschmettert hatte, saß kopfschüttelnd da, derweil in China noch immer behauptet wurde, dass eine Mensch-zu-Mensch-Übertragung des Virus nicht möglich oder zumindest nicht wahrscheinlich sei.

Das wurde am 20. Januar 2020 dementiert. Auf einmal war klar: Dieses Virus *ist* hochansteckend, auch von Mensch zu Mensch. Nur über den Übertragungsweg wusste man nichts.

Bereits einen Tag vorher stieg die Infektionswelle in Wuhan sprunghaft an, was auf Versagen von Verantwortlichen beziehungsweise Parteifunktionären zurückgeführt wurde, die das Geschehen anfangs vertuschen wollten. Am 25. Januar wurde Wuhan dann abgeriegelt, was beinahe 80 Tage auch so bleiben sollte.

Bis dahin hatte die WHO keinen Grund gesehen, den internationalen Notstand auszurufen. Nun aber wurden unterschiedlichste Meinungen zum Geschehen weltweit in der Presse propagiert. Die Diskussionen drehten sich häufig um die Tatsache, dass das Virus neu sei, das Immunsystem des Menschen es nicht kenne, man nichts darüber wisse und der große Unterschied zu Grippeviren der wäre, dass man keine Impfung und auch keine Medikamente dagegen habe. Das leuchtete alles ein. Andere wiederum argumentierten, dass Coronaviren in der Regel harmlose, sich jedes Jahr im Winterhalbjahr ausbreitende Erkältungsviren seien, die der menschliche Organismus gut kenne und die man nicht überbewerten müsse.

Dann aber stellte *Covid-19* (so benannt nach dem Jahr seiner Entdeckung) sich als Variante heraus, dies eine schwere Lungenentzündung verursachen kann, trockenen Husten, Fieber (Monate später kamen noch viele Symptome hinzu wie Geruchs- und Geschmacksverlust, Durchfall, Hautausschläge, Halsschmerzen als Anfangssymptom, Abgeschlagenheit, später Haarausfall, diverse neurologische Störungen …) und sogar zum Tode führen kann.

Der Großteil der Bürger zwar aufmerksam und interessiert, jedoch eher unbeteiligt, wie ich, weil China ja wie gesagt immer noch weit weg war. Wir hatten keine Ahnung, was da auf uns zukam.

Bereits Ende Januar 2020 wurden erste Covid-19-Fälle in Frankreich, Italien und Deutschland gemeldet. Das Virus hatte Europa erreicht. Neue Bezeichnung: *SARS-CoV-2*.

Fassungslos verfolgte ich diese Vorgänge, war doch tatsächlich dieses *neuartige* Coronavirus nicht nur in Europa, nein, sogar in Deutschland angekommen. Warum verhinderte keiner die Ausbreitung? *Ja schlafen die denn?* erboste ich mich.

Markus Lanz hatte in einer seiner Talkrunden einmal scherzhaft gesagt, käme das Virus zu uns und würde gefährlich, wüsste er schon einige ruhige, abgeschiedene Ecken in den Dolomiten, wohin man sich zurückziehen könne. Tja, das Virus war jetzt aber auch schon in Südtirol und den Dolomiten.

Die nächsten Tage die Geschehnisse aufmerksam in Nachrichten, Zeitungen und auch Talkshows verfolgend, nahm ich zunächst staunend, dann bestürzt wahr, dass täglich Hunderte Flüge von China aus in die ganze Welt gegangen waren. Lediglich Gruppenreisen waren ab dem 25. Januar von der chinesischen Regierung untersagt worden. Es wurde eifrig Fieber gemessen, aber sonst nichts. Die Leute wurden am Zielort einfach ins Land gelassen, jedenfalls bei uns, aber auch in vielen anderen Ländern.

Ich konnte das gar nicht glauben. Jeder medizinisch ausgebildete Mensch weiß doch, dass während der Inkubationszeit einer Infektion – der Zeit also, in der ein Individuum zwar infiziert aber noch symptomlos ist, also auch noch kein Fieber hat – ein Infizierter Überträger und damit sehr wohl ansteckend sein kann, das heißt, lediglich Fieber zu messen ist eine unzureichende Methode, man findet damit nur heraus, wer bereits erkrankt ist, sonst nichts. Alle anderen fallen durchs Raster. Natürlich ist dieses neuartige Virus in keiner Weise erforscht, jedoch kann man in so einem Falle, wo die Gefährlichkeit und die hohe Ansteckbarkeit durch die Dokumentationen in China bereits offiziell bekannt war, doch nicht von der mildesten, ungefährlichsten aller Verlaufsformen ausgehen.

Die Probleme in China weiteten sich aus, man isolierte weitere Städte. Millionen von Menschen kamen dort in Quarantäne. Die Medien zeigten Geisterstädte, strenge Ausgehverbote, die Menschen waren auf ihre Wohnungen beschränkt. Abends hörte man sie aus ihren Fenstern laut schreien – es war gespenstisch.

Ausschließlich auf seine Wohnung beschränkt zu sein, stellte ich mir äußerst schlimm vor. Die armen Menschen! Tiefes Mitgefühl erfüllte mich.

In den Nachrichten und auch in einer Sendung von Markus Lanz wurde gezeigt, dass in China eifrig und im Eiltempo Krankenhäuser gebaut wurden, sozusagen aus dem Boden gestampft. Einer seiner geladenen Gäste bemerkte belustigt,

»dass die wohl kein Plan-Feststellungsverfahren hätten ...« Markus Lanz hakte immer wieder nach, sprach auch das Thema mit den Schutzmasken an. Zitat: *»Schauen Sie mal, worauf bereiten die sich vor, was erwarten die ... und – die laufen überall in östlichen Ländern mit Schutzmasken herum, wozu?«* ... *»Ja, weil das dort Tradition wegen der hohen Luftverschmutzung ist, bei denen ist das üblich und normal«*, war die saloppe Erklärung eines Talkgastes. Weder dem Moderator noch vielen von uns Zuschauern erschien diese lapidare Erklärung in diesem Zusammenhang jedoch plausibel. Wenn solche Schutzmasken nichts bringen, braucht man auch keine zu tragen, war meine pragmatische Schlussfolgerung.

So dachten wohl viele ... Auch teilweise die Fachleute und die Regierung.

Kapitel II

Die Seuche in Deutschland

Dann war da der erste Fall in Bayern, am 28.01.2020. Eine Firma namens *Webasto*, die auch in China produziert, hatte eine Ausbilderin ins Werk nach Bayern geholt, die offenbar infiziert war. Diese hatte gleich mehrere Kollegen angesteckt, wie später bekannt wurde. Zunächst aber hatte die Firma und damit Bayern einen ersten Covid-19-Erkrankten mit zuerst grippeähnlichen Symptomen. Nichtsahnend war der Mitarbeiter heimgegangen und steckte dort seine Kinder an; die gingen in die Kita. Die Frau wurde auch angesteckt. Dann sah man im Fernsehen, wie sie alle ins Krankenhaus kamen, in Quarantäne. Alle Covid-19-positiv.

Die Seuche war im Lande. Spätestens jetzt wurde mir mulmig. Und ich glaube, unserer Regierung auch.

So schnell kann das gehen. So weit ist China denn doch nicht entfernt …

Die Zahl der Infizierten in China stieg rasant, Tausende Menschen starben, teilweise unter schrecklichen Bedingungen (wie in zahlreichen Fernsehdokumentationen zu sehen war).

Meiner Information nach konnten diejenigen Bürger in Bayern, die Kontakt hatten, nachverfolgt werden, Quarantäne wurde angeordnet, der *Webasto*-Betrieb wurde für einige Zeit geschlossen, alles schien okay. Mir entzog sich aber jegliches Verständnis dafür, dass, nachdem klar war, dass der betroffene Mitarbeiter von *Webasto* am hoch ansteckenden und gefährlichen *Covid-19* erkrankt war, Gelegenheit bekam, Frau und Kinder anzustecken und diese dann auch noch in die Kita gelassen wurden … Das läge daran, dass nicht klar sei, ob Kinder an dieser Krankheit überhaupt erkranken, diskutierten die Fachleute. Und man wisse nicht, ob sie in der Lage seien, andere mit diesem Coronavirus anzustecken. Aha. Ist das aber relevant? Wenn Menschen sich mit diesem Erreger infizieren und manche daran teilweise sehr schwer erkranken und viele daran sterben und nicht erforscht ist, wie die Übertragungswege dieses Erregers überhaupt ablaufen, muss man doch vorsorglich von allem ausgehen. Das heißt, auch ein Kind, das selber nicht erkrankt, könnte Träger des Erregers sein und damit ansteckend, weil es auch ein *Mensch* ist. Der gesunde Menschenverstand legt das doch nahe. Und für mich ist das Fakt, bis das Gegenteil bewiesen ist (das war übrigens selbst im Juli 2020 immer noch nicht klar). Es gibt verschiedene Studien, wonach es sein könnte, dass Kinder sich weniger infizieren, vielleicht, weil sie mehr Antikörper bilden, nicht jedoch, ob sie, als Träger des Virus, weniger ansteckend sind als Erwachsene. Fachleute diskutierten heftig, Studien wurden relativiert, weil zum Beispiel die Ansteckbarkeit von Kindern untersucht wurde, während ihr Kontakt zu anderen durch die Schulschließungen jedoch minimiert war.

Während die Seuche in China wütete, wurden in Deutschland nunmehr Schutzvorkehrungen diskutiert. Fachleute kamen zu dem Schluss, dass eifriges und gründliches Händewaschen das Wichtigste und das Tragen einer Schutzmaske keinesfalls erforderlich wäre. Das Virus würde ja nicht über Tröpfcheninfektion weitergegeben, weil es nicht die oberen, sondern nur die tiefen Regionen des Respirationstraktes befallen würde. Davon kam man dann aber sehr schnell ab. Man erkannte, dass der Hotspot des Virus im menschlichen Körper eben der Hals-/Rachenraum ist, wo es entweder vom Immunsystem abgewehrt wird oder weiterwandert, in die tiefen Regionen des Respirationstraktes – Bronchien und Lunge.

Nun wurde also endlich Husten- und Nies-Etikette propagiert und natürlich weiter gründliches Händewaschen, beides sehr sinnvolle und notwendige Maßnahmen. Ich begrüßte das außerordentlich, ist doch in Deutschland Winterzeit gleich Schnupfen-, Husten- und überhaupt Grippezeit und ich bin persönlich ziemlich anfällig bei Ansteckung durch Tröpfcheninfektion.

Aber es gab weiterhin keine Maskenempfehlung. Schmierinfektion wäre eher zu vernachlässigen, wurde konstatiert. Auch das hielt ich für eine fragwürdige Auffassung. Wenn ein Mensch sich gerade die Hand beim Husten/Niesen vorgehalten hat und danach eine Türklinke drückt, ist diese kontaminiert. Auch wenn der Erreger nur Stunden oder Tage, je nach Material, dort überleben kann, ist das schon ein erheblicher Ansteckungsfaktor durch Schmierinfektion, werden doch Türklinken regelmäßig, besonders in öffentlichen Gebäuden, Geschäften, Gasthäusern etc. von vielen Menschen laufend betätigt.

Mittlerweile wurde bekannt, dass unser Land zu wenige Vorräte von Schutzmasken und -kleidung hatte.

Unsere Regierung holte am 1. Februar die 100 Bundesbürger, die sich in Wuhan aufhielten, heim. Ungläubig verfolgte ich ein Interview, das die Nachrichten brachten. Sie sei so froh, wieder in Deutschland zu sein, sagte eine der Heimgeholten in die Kamera, schnappte sich ihren Rollkoffer und ging davon, nach Hause. Es sah so aus, als würde sie einfach ins Land gelassen, ohne Quarantäne, und das, obwohl sie direkt aus Wuhan kam, dem Hotspot einer gefährlichen Seuche, die gerade um die Welt ging. Das konnte doch nicht wahr sein! Ich flippte förmlich aus auf meinem Fernsehstuhl. Es wirkte für den Zuseher so, als würden alle nach Deutschland Einreisenden ohne Quarantäne ins Land gelassen. Das war für mich nicht nachzuvollziehen.

Dass man mich nicht missversteht: Natürlich freute ich mich über jeden Heimgeholten, jedoch nicht über den aus meiner Sicht zu sorglosen Umgang mit der Seuche. Zumindest Heimquarantäne wäre angezeigt gewesen, der Empfang am Flughafen hätte unter Hygienemaßnahmen stattfinden müssen, eben so, wie es inzwischen ja sinnvollerweise praktiziert wird. War das denn damals nicht klar?

Sollte es doch so geschehen sein, war es mir, als normaler Bürgerin, über die Medien so nicht kommuniziert worden. Später wurde von den Medien verbreitet, dass alle Heimgeholten in Quarantäne gekommen wären, zwei davon waren denn auch infiziert. Nur … was war dann mit der interviewten weggehenden Dame mit dem Rollkoffer? Ich weiß es nicht, es hinterlässt ein sehr bedrückendes Gefühl.

Kapitel III

Die Seuche in Europa und in der ganzen Welt

Mittlerweile waren auch erhebliche Probleme in Italien entstanden. Besonders betroffen waren die Lombardei mit den Städten Milano, Bergamo, dann Venetien und Südtirol.

Ende Januar wurden die ersten Fälle in Rom bekannt, zwei chinesische Touristen hatten sich selbst gemeldet. Angeblich kamen aber die beiden als Auslöser der Epidemie in Italien nicht infrage.

Am 19.02.2020 fand im Mailänder Stadion ein Fußballspiel statt, mit vielen Zuschauern, auch aus dem Ausland angereist, auch aus Spanien, wo der erste Fall am 31.01. und auf Mallorca am 09.02. aufgetreten war. Laut Medien kamen 540 Personen aus dem späteren Hotspot dort, dem Ort Val Seriana, und viele Fans aus Bergamo waren auch zugegen. Zwei Wochen nach dem Spiel stiegen die Fallzahlen in Bergamo drastisch. Es konnte jedoch auch hier nicht bewiesen werden, dass Mailand der Ursprung der Epidemie in Italien war.

Am 23. Februar riegelte Italien besonders betroffene Städte im Norden des Landes ab. Am 24. Februar bestätigte Spanien mehrere Fälle, beginnend mit einem Arzt aus der Lombardei, der auf Teneriffa in Urlaub war.

Das Virus breitete sich exponentiell aus, auch in Frankreich, wo es am 25. Januar die ersten drei Verdachtsfälle gegeben hatte. Alle drei waren vor der Infektion in China gewesen (mein mulmiges Gefühl hatte sich also bestätigt; die kamen bei Einreise nicht in Quarantäne, sonst hätten sie nicht Gelegenheit gehabt, das Virus zu verbreiten). Besonders betroffen waren das Elsass und Paris. Vom 1. März bis 20. April wurde in vielen Regionen eine Übersterblichkeit von über 40 Prozent festgestellt.

Auch das Vereinigte Königreich blieb nicht verschont. Jedoch versuchte die dortige Regierung, unter der Führung von Boris Johnson, *Covid-19* anfangs zu bagatellisieren und als gewöhnliche Grippe darzustellen – bis er dann selber schwer erkrankte. Sie ergriffen also weniger Vorsichts- und Schutz-Maßnahmen als zum Beispiel Deutschland und das britische Gesundheitssystem erwies sich als nicht so leistungsfähig. Die Übersterblichkeit in Großbritannien lag von März bis Mai bei fast 62.000 Menschen, 48.000 davon wurden *Covid-19* zugeschrieben.

Italien kämpfte mit verschiedensten Maßnahmen, die Fallzahlen stiegen Anfang März dennoch drastisch an. Dann erklärte das RKI am 06. März auch die Provinz Südtirol zum Risikogebiet, dort waren bisher nur wenige Fälle aufgetreten.

Markus Lanz zeigte in seiner Talkrunde starke Betroffenheit darüber, wäre doch diese, seine Heimatregion, äußerst abhängig vom Tourismus, der damit sofort plattgebügelt war. Die Ski-Saison war schlagartig beendet. 40 km weiter, in Österreich, wurde indes noch munter Ski gefahren und Après-Ski gefeiert …

Langsam wurde mir bewusst, welch ungeheure wirtschaftlichen Auswirkungen diese Pandemie auf ein Land, eine Region und auf jeden einzelnen Menschen hat. Hat man dort ein Hotel und freut sich auf die Einnahmen einer Saison, mit der dann anschließende magere Monate überbrückt werden können, steht man in so einer Situation schnell vor einem Scherbenhaufen. Und es sind ja nicht nur die Hotels, sondern auch die Gaststätten, die Lebensmittellieferanten, die Skiliftbetreiber usw. Und bei dieser Seuche war nicht sicher, ob die sommerliche Wandersaison nicht auch noch ins Wasser fallen würde.

Sehr bedenklich das alles, mein Herz wurde schwer. Deutschland ist auch ein Urlaubsland, wir sind ebenso davon betroffen, genauso wie Österreich, Italien und Spanien. Und nun schienen ausgerechnet Urlaubsreisen die Verbreitung dieses gefährlichen Virus zu initiieren. Das wäre der Sargnagel für einen ganzen Wirtschaftszweig. Darum wurde natürlich gezögert, diese Aktivitäten zu unterbinden beziehungsweise Saisonen vorzeitig für beendet zu erklären. Auch die eher als schweigend wahrgenommene EU konnte sich nicht durchringen, die Reiseaktivitäten der Europäer einzuschränken beziehungsweise zu unterbinden, obwohl man es doch mit einem gefährlichen, sehr ansteckenden Virus zu tun hatte, das dabei war, sich pandemisch über die Erde auszubreiten ... Die erschreckenden Bilder aus China hätten eigentlich Anlass genug dafür sein können. Ein Balanceakt der Verantwortlichen, diese ungeheuerlichen Entscheidungen treffen zu müssen – menschlich gesehen vermutlich extrem schwer.

Ich hatte für Ende März einen kleinen Urlaub am Gardasee gebucht. Da wurde mir bange. Viele Telefonate mit dem Reisebüro und dem Veranstalter verliefen erfolglos. Solange die Bundesregierung keine Reisewarnung für die betroffene Region, in diesem Fall der Lombardei aussprach, müsse ich ganz normal stornieren, mit hohen Stornokosten, hieß es. Aber dieser Kelch ging an mir vorüber. Ab 10.03.2020 wurde ganz Italien von der dortigen Regierung zur Sperrzone erklärt, am 14.

März erklärte das RKI die Lombardei und Madrid zum Risikogebiet. Somit war ich raus, aus dieser Nummer – aber um welchen Preis? Und mein schöner Urlaub in Limone ... Aber mit einem guten Gefühl hätte man so einen Urlaub ohnehin nicht antreten können.

Am 18. März gab es in Spanien bereits rund 11.000 bestätigte Fälle, am 24. März stieg die Zahl auf alarmierende 39.000 bei knapp 2.700 Toten.

Um den Skeptikern entgegenzuhalten, die behaupten, dass die Menschen nicht an *Covid-19* sondern an ihren Vorerkrankungen sterben, die durchaus nicht nur im Lungen- sondern zum Beispiel auch im Herz-Kreislauf-System lokalisiert sein können (was übrigens auch ein Pathologe aus Hamburg behauptete, dessen Aussage ich hier nicht bestreiten möchte), stelle man sich die signifikante Übersterblichkeit in den am stärksten betroffenen Regionen vor. Am Ende des Jahres wird es sich herausstellen, ob insgesamt wirklich nicht mehr Menschen verstorben sind, als statistisch gesehen in den Jahren davor.

Jedenfalls lag die Übersterblichkeit im März in Spanien bei 48 Prozent. Freilich könnte diese Virusinfektion letzten Endes der Auslöser sein, der das vorbelastete oder altersschwache Immunsystem des Menschen an seine Grenzen bringt und die

Betroffenen dadurch früher sterben, aber wer will das wissen? Wer kann das behaupten? Derjenige könnte auch noch viele Jahre weitergelebt haben …

Die Seuche breitete sich dramatisch in ganz Europa, ja über die ganze Welt aus. Am 10. März wusste sich die italienische Regierung nur noch mit strikter Ausgangsbeschränkung der stark betroffenen Regionen zu helfen: Die Menschen durften ihre Wohnungen nicht mehr verlassen, nur noch, um die Dinge des täglichen Lebens zu erledigen oder zur Arbeit zu gehen. Das war die Hölle, besonders für Kinder.

Am 11.03.2020 verkündete die WHO, dass die Verbreitung von *Covid-19* das Ausmaß einer Pandemie erreicht habe. Das Virus sei nunmehr bereits in 115 Ländern verbreitet.

In den Vereinigten Staaten von Amerika griff die Infektion mit dem neuartigen Coronavirus ebenfalls stark um sich. Donald Trump verhängte für den 13. März einen Einreisestopp in die USA für Bürger aus den Schengen-Staaten. Das Virus hätten wir eingeschleppt, behauptete er.

Die deutsche Regierung reagierte *non amused*, hatte das doch erhebliche Konsequenzen für die deutsche Wirtschaft und generell für die Gesellschaft, zum Beispiel wurden deutsche Studenten aus den USA ausgewiesen … Deutsche beeilten sich, die USA zu verlassen und nach Deutschland heimzufahren. Hier fühlten sie sich beim Aussitzen dieser Pandemie wohler und auch aufgehobener, war der Tenor.

Nun war Schluss mit lustig. Dass etwas unvorstellbar Bedrohliches auf uns zukam, sollte zu diesem Zeitpunkt jedem Vernunftbegabten klar geworden sein.

Kapitel IV

Der Lockdown

Am 15. Februar wurden in Baden-Württemberg und Nordrhein-Westfalen erste Fälle gemeldet, besonders betroffen war der Kreis Heinsberg, wo in Gangelt Karneval gefeiert worden war. Angeblich hatte ein infiziertes Ehepaar alle angesteckt, danach baute sich eine dramatische Infektionskette in NRW auf.

Anfang März waren gemäß RKI in Deutschland über 500 Corona-Infizierte über ganz Deutschland verbreitet. Am 08. März empfahl der Bundesgesundheitsminister, Veranstaltungen mit mehr als 1000 Personen in Deutschland abzusagen.

Nun begannen heftige Diskussionen zum Thema *Großveranstaltungen* wie Konzerte, Messen, Fußball ... auch die Bundesliga war natürlich betroffen. Einige Spiele liefen unter Zuschauern weiter, einige als Geisterspiele. Man kämpfte vergebens um eine einheitliche Linie.

Am 11. März wandte sich die Bundeskanzlerin, gemeinsam mit dem Bundesgesundheitsminister Jens Spahn und dem Präsidenten des RKI, Lothar Wieler, an die Nation: Es sei wichtig, dass wir uns einschränkten, damit wichtige Zeit gewonnen werden könne. Demnach wollte man verhindern, dass zu viele Bürger auf einmal erkrankten und das Gesundheitssystem kollabieren würde.

Ich empfand es als tröstlich, dass der bayerische Ministerpräsident Dr. Markus Söder und jetzt auch die Bundeskanzlerin zur Nation sprachen. Man fühlte sich geführt. Das vermittelte ein Stück weit Sicherheit.

Leider stiegen die Infektionszahlen unaufhaltsam an, besonders auch in Bayern, wo man noch nichts von der Brisanz der Starkbierfest-Teilnehmer und Skiurlaub-Heimkehrer aus Nordtirol wusste.

Am 13. März kam es zum Börsen-Crash. Spätestens jetzt wurde jedem klar, dass dieses Virus nicht nur gesundheitliche Folgen haben würde. Die Wirtschaft war mittlerweile stark betroffen, der Außenhandel kam zum Erliegen. Unter anderem ging ja von China, das wichtiger Lieferant aber auch Abnehmer deutscher Waren ist, nichts mehr raus und nichts mehr rein. Der Gütertransport über die ganze Welt geriet ins Stocken. Somit mussten die Produktionen auch erheblich runtergefahren werden. Auch bei uns im Inland. Deutschland, stark vom Außenhandel abhängig, beobachtete das mit großer Sorge. Die Fabriken, zum Beispiel die Kfz-Hersteller, stellten ihre Produktionen ein, die

Beschäftigten wurden, dank sofortiger und umsichtiger Handlung der Bundesregierung, in Kurzarbeit geschickt (um Massenentlassungen zu vermeiden), wie viele andere Arbeitnehmer auch, man denke nur an die Zulieferer der Autofirmen.

Als normaler Bürger, der damit nichts zu tun hat, überlegt man gar nicht, woher das, was man da kauft, eigentlich kommt, aber jetzt wurde klar: Unsere Konsumgüter kommen sehr oft aus dem Ausland, besonders aus China – und das war jetzt dicht. Also war klar, dass auch die Dinge des täglichen Bedarfs knapp werden könnten, zum Beispiel Medikamente. Eine meiner Freundinnen erzählte mir besorgt, dass in ihrer Apotheke eines ihrer Mittel, das sie nehmen muss, nicht mehr bekäme und es auch überall sonst vergriffen sei. So was sollte nicht vorkommen ...

Es begannen Hamsterkäufe in Deutschland. Besonders betroffen waren Toilettenpapier, Nudeln und Konserven. Ich konnte das anfangs nicht ernstnehmen. *Die haben doch einen Vogel*, dachte ich mir. Ich hatte noch sechs Rollen, die reichten erst mal, die würden die Regale doch wieder auffüllen.

Aber so schnell ging das wider Erwarten dann doch nicht, weil die Leute Toilettenpapier kauften, wie verrückt. Früh um acht standen die schon Schlange und wenn ich mittags zum Einkaufen ging, war nichts mehr da.

So, dachte ich, *jetzt gehts aber los.*

Später habe ich erfahren, dass die Franzosen Rotwein gehamstert hatten, da musste ich schmunzeln. So unterschiedlich sind die Mentalitäten.

Am 16. März rief die bayerische Staatsregierung aufgrund der in Bayern besonders hohen Fallzahlen den Katastrophenfall aus.

Als die Marke der täglich Neuinfizierten 6000 überschritt, zog die Bundesregierung die Notbremse und eine Ausgangsbeschränkung wurde angeordnet, die Grenzen wurden dicht gemacht – der *Lockdown,* wie das fortan bezeichnet wurde, war ausgesprochen.

Alles musste schließen, nur noch die für die Versorgung der Bevölkerung notwendigen Geschäfte für Lebensmittel, Apotheken, Tankstellen usw. durften mit strengen Hygieneanweisungen öffnen: 1,5 m Abstand, Händedesinfektion und intensives häufiges Waschen wurden propagiert. Auch Kitas und Schulen wurden geschlossen, ferner etliche Fabriken und Büros. Viele Menschen gingen ins Homeoffice. Die Bundesregierung schnürte ein ansehnliches Krisenpaket, um Massenarbeitslosigkeit durch reihenweise Firmeninsolvenzen zu verhindern.

Bei Familien mit Kindern löste das erhebliche Probleme bis chaotische Zustände aus. Von heute auf morgen hatten sie niemanden mehr, der ihnen die Kinder abnahm, mussten aber teilweise dennoch arbeiten gehen oder zumindest versuchen, mit dem Homeoffice klarzukommen. Da den Kindern ihre plötzlich eingeschränkte Freiheit nicht zu vermitteln war, waren das für alle Zustände wie die Autofahrt in den Urlaub im Stau: nervenzerfetzend. Prompt stieg die häusliche Gewalt sprunghaft an.

Jetzt war etwas eingetreten, das man so nicht für wahrscheinlich, geschweige denn für möglich gehalten hätte. Ich brauchte einige Zeit, das zu realisieren. Das war jetzt unheimlich …

Kapitel V

Kampf gegen die Seuche

Man hatte nun ein starkes Informationsbedürfnis. Alle zur Verfügung stehenden Medien wurden genutzt. Der Fernsehabend bestand nur noch aus Nachrichten, Sondersendungen und vielen Talk-Shows, wie die von Maybritt Illner, Sandra Maischberger, Anne Will, Markus Lanz, die *Münchner Runde* … Allesamt berichteten beziehungsweise redeten über die Corona-Pandemie. Erstaunlich war für die Bürger, dass sich Virologen beziehungsweise Epidemiologen gar nicht einig waren über den Situationszustand beziehungsweise über die Konsequenzen, die zu ergreifen wären.

Ich verfolgte alle Sendungen aufmerksam, ich wollte ja informiert sein.

Unser Ministerpräsident, Dr. Markus Söder, hielt regelmäßig Ansprachen in Bayern, er erwies sich als souverän und besonnen führend in der Krise. Der überwiegende Teil der bayerischen Bevölkerung, nämlich 80 Prozent, hatte Vertrauen entwickelt und war froh, dass wir eine kompetent und entschlossen handelnde Regierung in Bayern hatten. Selbst bei Nörglern und Skeptikern und bei Anhängern anderer Parteien als der CSU fand

Markus Söder Zustimmung. Überhaupt hatte die Mehrheit der Menschen im ganzen Lande Vertrauen in die Bundesregierung, speziell in die Kanzlerin, Dr. Angela Merkel, die in Krisen immer ruhig, besonnen und souverän führt.

Die Einschätzung des RKI bezüglich dieses Virus hatte sich mittlerweile geändert, nun wurde nichts mehr verharmlost, sondern vielmehr eindringlich gewarnt. Sprach man anfangs noch davon, dass es jedes Jahr sehr viele Tote bei der jährlichen Grippewelle gibt, über die sich niemand aufregt, wurde Wochen später vermeldet, dass *Covid-19* erheblich, nämlich viermal so gefährlich sei und viel häufiger zu schweren und schwersten, ja tödlichen Verlaufsformen führe als eine normale Grippe und nicht nur die Lunge, sondern auch andere Organsysteme belastet, wie Nieren, Herz-Kreislauf, Nervensystem usw.

Vor allem: Gegen Grippe kann man impfen, gegen *Covid-19* nicht – das ist der entscheidende Unterschied. Es gibt weder eine Therapie noch eine Impfung. Das Immunsystem des Menschen kennt dieses Virus nicht und reagiert häufig überschießend mit schweren Entzündungserscheinungen. Offenbar aber nicht bei Gesunden und Jungen. Diese Gruppe bemerkt oftmals nichts von diesem Infekt (asymptomatischer Verlauf) beziehungsweise hat eine sehr milde Verlaufsform – was Anlass zu speziellen Überlegungen gab, die ich weiter unten noch darstelle.

Nach umfangreichen Diskussionen der Fachleute untereinander wurde der Sinn des Maskentragens nun eher befürwortet, dann empfohlen, dann dringend nahegelegt, schlussendlich dann geboten, weil mittlerweile die Meinung vorherrschte, dass der Hauptübertragungsweg von *SARS-CoV-2* doch eher die Tröpfchen- und weniger die Schmierinfektion ist.

Monate später wurde nicht mehr ausgeschlossen, dass dieses Virus vielleicht deshalb so verheerend ansteckend ist, weil bereits über Aerosole infektiös. Winzige Partikel in der Luft, die im Luftraum stundenlang hängen bleiben (die Sinkgeschwindigkeit beträgt nur einen Zentimeter pro Stunde.), stecken einen anderen an, der diese Luft einatmet, wenn genug Viruslast vorhanden ist. Eine niederschmetternde Erkenntnis – wenn man da an Großveranstaltungen, Konzertsäle, Feste, Restaurants, Fitnessstudios und so weiter denkt. Und wenn man sich vorstellt, wie die Leute in der Grippezeit herumhusten und -niesen …

Für mich war von Anfang an einleuchtend, dass das Tragen von Masken sinnvoll ist. In Deutschland war ja noch Winter, also Erkältungszeit, sogar die übliche Grippewelle ging noch um. Wenn ein Mensch, der hustet, eine Maske trägt, kann er zumindest seine eventuell virusbelasteten Tröpfchen, die dabei frei werden, nicht in die Umgebung pusten, somit hat das Gegenüber zumindest einen gewissen Schutz, auch wenn es sich nur um eine einfache OP-Maske handeln sollte. Mindestens wird die Virus-Last reduziert. Aber natürlich ist gegen Aerosole nur eine FFP2/- oder -3-Maske, die die Luft filtert, wirksam. Die einfachen OP-Masken können das nicht, sind aber noch viermal so gut wie selbst gebastelte beziehungsweise Stoff-Masken.

Markus Lanz übrigens kämpfte in seinen Talks ständig, quasi monatelang immer wieder mit diesem Masken-Thema und versuchte, da Klarheit reinzubringen. Die Diskussionen waren sehr kontrovers, bis endlich mal zugegeben wurde, dass das Tragen einer Mund-Nasen-Bedeckung zumindest die anderen schützen würde – und würde jeder eine tragen, wären wiederum alle geschützt. Er wollte unbedingt wissen, warum das so lange negiert wurde. »*Weil wir keine Masken hatten*«, war die Antwort der renommierten Virologin, Prof. Melanie Brinkmann, es wären nicht einmal genug für das medizinische Personal vorhanden gewesen.

So, das war das Eingeständnis. Es wäre meines Erachtens schon hilfreich gewesen, hätte man die

Bevölkerung ehrlich aufgeklärt – selbst gebastelte Masken sind immer noch besser als nichts …

Fieberhaft wurde nun von der Regierung und den einzelnen Ländern, Ministerpräsidenten und Gesundheitsministern daran gearbeitet, die erforderlichen Masken zu beschaffen. Das war offenbar schwierig. Beispielsweise werden bei uns in Deutschland die Maschinen für Schutzmaskenherstellung produziert und nach China exportiert, die dann dort die Masken herstellen. Aber nun lieferten die nichts, Produktion und Handel waren ja runtergefahren. Bekleidungshersteller, wie *Mey* oder *Eterna* sowie Kfz-Zulieferer, die den regulären Betrieb eingestellt hatten, begannen nun teilweise ihre Fertigung auf Schutzmasken umzustellen. *Siemens* produzierte nun medizinisches Gerät, wie die überall auf der Welt dringend benötigten Beatmungsgeräte, Schnapsfabriken stellten ihren Rohalkohol für die Produktion von Desinfektionsmitteln zur Verfügung …

Es war beeindruckend, ja erhebend, wie auf einmal die ganze Nation zusammenhielt und an einem Strang zog, kreativ wurde, selbst die Politiker hörten mit ihren alltäglichen Streitereien und ihrem kleingeistigen Gezänk auf. Die Regierung erfuhr von der Opposition tatsächlich wenn nicht Unterstützung, dann wenigstens keine ätzende Kritik, wie sonst immer. Man hatte als Bürger das Gefühl, *die arbeiten jetzt was und streiten nicht nur herum* (ich formuliere das bewusst so!). Wenn es etwas Positives an dieser Epidemie im Lande gegeben hat, dann war es schon einmal das.

Das war ein sehr angenehmes, Sicherheit vermittelndes Gefühl für mich und wohl viele Menschen in der Bevölkerung. Wenigstens nahm ich das so wahr.

In Bayern kam schwer zum Tragen, dass viele Skiurlaub-Heimkehrer aus Tirol, besonders aus Ischgl, wo anfangs recht salopp mit bekannt gewordenen Covid-19-Infektionen umgegangen wurde und wider besseres Wissen weiter lustige Apres-Ski-Partys gefeiert worden waren, der Verbreitung der Infektion erheblich Vorschub leistete. Österreich behauptete, das Virus wäre von Deutschen nach Tirol eingeschleppt worden. Wenn dem so wäre, wurde allerdings das Virus von Ischgl aus recht erfolgreich über Europa verteilt. Es soll ein einziger infizierter Bar-Mann in einem Lokal namens *Kitzloch* gewesen sein, wie die Medien behaupteten. Jedenfalls zeigte eine später veröffentlichte Grafik, dass rund 40 Prozent der Infektionen in Europa von Ischgl aus verbreitet wurde. Ein Hotspot in Bayern war Tirschenreuth. Man hatte sich dort, selbst nach Bekanntwerden der Infektionswelle, für die Durchführung eines Starkbierfestes entschieden. Das hat sich als übler Fehler herausgestellt.

Und als man wusste, dass Ischgl ein Corona-Hotspot ist, wurden die Skiurlaub-Heimkehrer aus Österreich lediglich bei ihrer Rückreise nach Deutschland via digitaler Verkehrsschild-Hinweisen auf der Autobahn dazu aufgefordert, sie mögen doch 14 Tage zu Hause bleiben. Ich musste lachen. Freiwillig beschränkt sich doch keiner – und dann sind da ja auch noch all die Ignoranten, die mit Absicht den Geboten der Regierung zuwiderhandeln. Die sozialen Netzwerke sind voll von Hetz- und Hass-Posts. Ja, man konnte es wissen, dass das nicht funktionieren würde. An die Vernunft der Menschen zu appellieren ist leider bei einem Teil der Bevölkerung völlig müßig.

Dazu ein Beispiel: Ich fuhr im Februar mit dem Bus nach Passau. Mir schräg gegenüber saß eine junge Frau, die hustete plötzlich voll in meine Richtung. Ich wehrte mich und forderte sie auf, doch wenigstens in die Armbeuge zu husten. Sie beschimpfte mich und ich empfand das als rücksichtslos und ziemlich bedrückend. Offenbar war sie eine Asylantin, die immerhin die deutsche Sprache schon leidlich beherrschte. Zum Anpöbeln reichte es jedenfalls. Ich wusste nicht, damit umzugehen. Wäre sie eine Deutsche gewesen, hätte ich ihr gehörig die Meinung gesagt, aber in diesem Fall – man wird ja sofort in eine rechte oder rassistische Ecke gestellt … Wir Bürger tragen das zu einem überwiegenden Teil nicht mit und sind teilweise bereits eingeschüchtert. Sehr oft hörte ich im Wirtshaus beim Ratschen von anderen leise: *»Man darf das ja heute nicht mehr laut sagen, aber ...«* Und dann kamen die Klagen und dass sie jetzt aus Protest AfD wählen, weil es so nicht weitergehen könne. Das kann so nicht richtig sein. Ich war jedenfalls froh, dass die Husterin an der nächsten Haltestelle ausstieg. Der Busfahrer versuchte zu beschwichtigen und sagte lapidar: »Ach, das ist ja alles ein Krampf. Da trinkst du eine halbe Bier und einen Schnaps, dann ist alles okay.« Man hatte allerdings bei feucht-fröhlichen Trinkgelagen in Tirschenreuth und auch beim Karneval, beispielsweise in Heinsberg gesehen, dass Wein-, Bier- und Schnapskonsum kein geeigneter Schutz vor einer Virusinfektion wie *Covid-19* ist …

So viel als Beispiel der schleppenden Einsicht mancher Bürger (aller sozialen Schichten), leider unterstützt von teils dubiosen Fachleuten, die in den sozialen Netzwerken den Ernst der Lage negieren beziehungsweise erheblich anzweifeln und die Sachlage als üble Verschwörung darstellten. Im

Bewusstsein unserer asylsuchenden Mitbewohner scheint die bedrohliche Situation auch nicht angekommen zu sein. Wo ich sie stehen und sitzen sehe: Von Abstand und Maske keine Spur, immer eng an eng, als ginge sie das Ganze nichts an. Kein Wunder, dass es immer wieder Corona-Ausbrüche in deren Unterkünften gab.

Nachdem die Grenzen dich waren, stellte man fest, dass es Hunderttausende im Urlaub Gestrandete gab, die nun im Ausland festhingen. Diese wurden dann in einer Großaktion von der Regierung per Sonderflügen heimgeholt. Die Bilder zeigten sie großteils ohne Abstand und ohne Maske, beispielsweise beim Anstehen bei der Gepäckausgabe. Sie durften alle fröhlich ins Land reisen – und ich gönne es ihnen von Herzen, dass sie wieder nach Hause konnten. Jedoch – es hätte logischerweise ausnahmslos Quarantäne angeordnet werden müssen, mindestens zu Hause.

Ein Virologe erklärten zu diesem Thema, dass es bei den jetzigen hohen Fallzahlen in Deutschland statistisch keine Rolle mehr spielen würde. Diese Auffassung kann man, selbst als Laie, nicht teilen. Ein unerkannter Infizierter mehr im Land, der noch symptomlos in der Inkubationszeit ist, der ungeprüft heim- und zur Arbeit geht, kann ein

Superspreader und in der Lage sein, zig Menschen anzustecken und damit eine Infektionskette zu bilden. Das hat Claus Kleber, ZDF, bei den Nachrichten in Form einer Grafik einmal sehr anschaulich gezeigt. In Ischgl beispielsweise soll es ja auch nur ein einziger Infizierter gewesen sein, der letzten Endes eine Infektionskette gigantischen Ausmaßes verursachte. Demnach zählt *jeder,* der die Infektion weiter verbreitet oder eben nicht.

Ich konnte wirklich nur noch den Kopf schütteln, über so wenig gesunden Menschenverstand, den Verantwortliche wie Politiker und deren beratende Fachleute teilweise an den Tag legten. Klar, für Wissenschaftler ist Fakt, was bewiesen ist. Aber in diesem Fall *musste* man prophylaktisch handeln, weil man eben besagte Fakten bezüglich dieses neuartigen Coronavirus noch nicht kannte.

Bis dann schlussendlich unser Bundesinnenminister Horst Seehofer eine entsprechende Anordnung erteilte. Dann war endlich Schluss damit. Von nun an mussten Einreisende in Quarantäne. *Zeit ist's geworden*, dachte ich. Und auch, dass es reichlich spät war für diese Maßnahme.

Kapitel VI

Leben im Lockdown

Die Pandemie griff erschreckend um sich. Die Fallzahlen schnellten weltweit drastisch nach oben. Dramatische Katastrophenbilder der Hilflosigkeit, auch in den europäischen Nachbarländern wie Italien, Spanien, Frankreich, gingen um die Welt – wobei man sah, dass wir es in Deutschland noch vergleichsweise gut hatten. Wir hatten nur Ausgangsbeschränkung, keine Ausgangssperre, wie in Italien, Spanien, Frankreich, wo man nicht mal zum Joggen oder Spazierengehen raus durfte. Wir durften noch an die Luft, ohne einen triftigen Grund dafür angeben zu müssen – was für ein Segen.

Wir Bayern haben einen Ministerpräsidenten, der auch an die Notwendigkeit, mit seinem Hund rauszugehen, dachte – selbstverständlich durften wir das. Erleichterung. Ja, da tun sich ganz praktische Probleme auf. Eine sagte zu mir, ich solle doch meinen Hund auf den Balkon schicken – keine wirklich praktikable Lösung. Außerdem brauchen die Tiere auch noch Bewegung (der Mensch übrigens auch).

Gespenstische Stille herrschte auf den Straßen, im gesamten Ort. Das öffentliche Leben total runtergefahren. Das Kurgebiet, in dem ich wohne, in dem sonst reges Treiben herrscht, bevölkert durch Kur-, Hotel- und Rehagäste, die sonst zum Thermalbaden, Wellness oder Golfspielen kommen und die von den Hotels alle heimgeschickt werden mussten, nur noch spärlich belebt, von den wenigen, die hier dauerhaft wohnen. Auch die Besitzer der Ferienwohnungen waren abgereist. Überwiegend sah man nur noch Jogger und Hundebesitzer beim Gassigehen auf den Wegen vorbeihuschen oder gelegentlich ein einsames Auto auf der Straße vorüberfahren.

Bemerkenswert ist: Insgesamt war subtil ein Geist der Kooperation zu spüren. Die Menschen verstanden und machten mit und versuchten, sogar teils mit Humor, die Situation zu bewältigen. Viele Bildchen und Filmchen wurden über die sozialen Netzwerke und WhatsApp verschickt. Ich erinnere mich schmunzelnd an das Bild eines vor Erschöpfung flach auf dem Boden liegenden Mopses, der sich da dachte: *Jetzt sind alle vom Häuserblock mit mir Gassi gegangen – wer zum Teufel ist dieser Covid?*

Ich brauchte lange, mich zu sortieren. Gewohnte Strukturen im Tagesablauf waren nun nicht mehr vorhanden. Nicht mehr am Nachmittag ins Café, nicht mehr Freitagmittag in mein Wirtshaus zum Fischessen, nicht mehr zum Stammtisch an die Bar, kein Konzert mehr, nicht auf den Golfplatz, nicht mehr in die Therme, kein Fußballspiel der Bundesliga mehr im Public Viewing im Hotel in der Nähe … Man fühlte sich total beschnitten. Verzicht!

Ausgangsbeschränkung … Das heißt, auch, dass man sich gegenseitig nicht in der Wohnung besuchen darf, keine gemeinsamen Bistrobesuche oder Busfahrten mehr mit einer Freundin zum Shoppen in die Stadt, keine Bankschalter geöffnet … *Bekomme ich noch meine Kontoauszüge und Bargeld am Schalter?*, fragte ich mich. Ja, war die erleichterte Feststellung.

Nur noch zum Lebensmitteleinkaufen und vielleicht in die Apotheke durfte man. Meine Schuhe beim Schuster konnte ich nicht mehr abholen, meine Parkettpflege beim Maler konnte ich auch nicht mehr kaufen – der war geschlossen.

Der Reihe nach wurden alle Festivitäten abgesagt: das alljährliche wunderbare Frühlingskonzert unseres international bekannten und renommierten sinfonischen Blasorchesters des Landkreises Passau und Bad Griesbach, das Maibaum-Aufstellen, das Winter-Austreiben der Perchten auf der Kurwiese, das Weinfest, alle wöchentlichen Kur-

Konzerte, die jetzt im März nach der Winterpause wieder begonnen hätten und auf die wir uns seit Monaten gefreut hatten, alle Veranstaltungen, auch die Open-Airs im Juli, das Golfturnier der Eagles und das Charity-Turnier von Franz Beckenbauer, das internationale Fesselballon-Treffen und das Karpfhamer-Volksfest im August, nicht zu vergessen der Starkbieranstich am Nockherberg in München und die Faschingsveranstaltungen, auch die in Veitshöchheim ... Eine traurige Liste, gekrönt durch die Absage des Oktoberfestes ... und natürlich aller klassischen Veranstaltungen, wie die Bayreuther Festspiele – zum Heulen.

Am Morgen des 17. März, dem ersten Tag des Vollzugs der Ausgangsbeschränkung: Ich stand in meiner Wohnung. Stille umgab mich – komplette Stille. Ich ließ das auf mich wirken. Unheimlich. Widerstände kamen hoch ... mir gefiel das ganz und gar nicht.

Mir wurde bewusst, dass ich, als Witwe, ohne Kinder, ohne Familie, komplett allein war. Damit muss man erst einmal zurechtkommen und lernen, damit umzugehen. Tränen stiegen mir in die Augen. Ich konnte mir nicht vorstellen, wie ich das längere Zeit ertragen sollte. *Gott sei Dank habe ich wenigstens meinen Hund*, dachte ich. Meine treue

Gefährtin war mir tatsächlich eine große Hilfe und Trost in dieser bedrückenden Situation.

Nach einer Weile entschied ich, mich zusammenzureißen und mir mein Frühstück zuzubereiten.

Am ersten Abend des Lockdowns ging ich mit meiner Möpsin vorbei an *meinem* Maximilian, einem schönen 5-Sterne-Hotel, dessen gemütlich-elegante Bar ich in normalen Zeiten in der Tat als mein *zweites Wohnzimmer* betrachte, an dessen eleganter, blumengeschmückter Eingangstür nun ein Aushang war: *Auf Anordnung der bayerischen Staatsregierung bis auf Weiteres geschlossen …* Wow! Die Machtausübung des Staates …

Aber die Beleuchtung war an, außen und in der Lobby mit ihrem prachtvollen Landhausstil, als würde man signalisieren wollen: *Schaut her, wir sind da, wir warten darauf, bis wir wieder unsere Gäste begrüßen dürfen …* Irgendwie tröstlich war das. Ich erinnerte kurz die schönen Stunden, die ich an der Hotelbar verbracht habe, angeregt plaudernd mit anderen Stamm- oder Hotelgästen. Wehmut kam auf.

Ich ging weiter meine Runde – alles menschenleer. *Wie in einem Science-Fiction-Film, nachdem die Aliens die Menschheit ausgerottet haben*, dachte ich. Ein Schauder lief mir über den Rücken.

Meinen Spaziergang beendet und wieder zu Hause, schaltete ich den Fernseher ein. Corona-Informationen rissen nicht ab, man war beschäftigt. Ich war dankbar für jede Information, die ich kriegen konnte, wollte ich doch wissen, was sowohl bei uns als auch in der Welt ablief. Alle Talkrunden befassten sich mit diesem Thema, dazu Sondersendungen. Die Redaktionen haben Großartiges geleistet. Leider gab es mehr als genug zu berichten. Die Fallzahlen stiegen ständig, jeden Tag gab es mehr Infizierte.

Am Morgen des nächsten Tages rappelte ich mich nach dem Aufstehen auf und versuchte, die bleierne Schwere abzuschütteln, schaltete das Radio ein. Nach einiger Zeit erklang die mir vertraute angenehme Stimme des Moderators meines Klassik-Radio-Senders. Natürlich ging es um Corona, neueste Nachrichten und Informationen und danach angenehme klassische Musik.

Ich verspeiste mein Frühstück, meine Gefühle von Fassungslosigkeit, Hilflosigkeit und aufkeimende Einsamkeitsanflüge tapfer verdrängend. *Wir müssen da alle durch, das nützt nun alles nichts*, konstatierte ich, um Rationalität bemüht, allen emotionellen Widerständen zum Trotz. Doch das Gefühl, hier einer Situation ausgeliefert zu sein, war präsent. Massive Widerstände stiegen wieder in mir auf.

Um mich abzulenken, nahm ich mein Smartphone zur Hand und las die Schlagzeilen bei Twitter, setzte einige Kommentare ab, immer klug und anständig, was aber nur mit relativ wenigen *Likes* goutiert wurde. Aber wenn man nicht höllisch aufpasst mit seinen Beiträgen, fällt die Twitter-Gemeinde mit massenhaft Kritik, Hohn und Spott bis Bösartigkeit über einen her; wie die Geier über das Aas. *Soziale Netzwerke – die Inquisition der Moderne* assoziierte ich einmal nach einem Shitstorm, den ich erhielt, weil ich mich zu Homöopathie positiv geäußert hatte. Was die Leute da für Respektlosigkeit zeigen, ja Hass entwickeln, ist unglaublich. Muss man sich das eigentlich wirklich antun? Eindeutig Nein.

Das Positive bei Twitter ist, dass man öffentlich kommunizieren und seine Meinung kundtun kann. Und trotz allem kommen ja in den sozialen Netzwerken gelegentlich auch sehr nette Konversationen zustande. Insgesamt gesehen ist es jedoch schon traurig, wenn man auf so was zurückgreifen muss, um sich austauschen zu können.

Die Familien und Paare haben's gut, die haben sich gegenseitig. Die sind nicht allein und nicht einsam. Dass es da aber natürlich auch eine Kehrseite gibt, ist mir schon bewusst, war ich doch selber ein paarmal verheiratet.

Hader mit meinem Schicksal, das mir schon vor zwei Jahrzehnten meinen Mann wegnahm und verhindert hatte, dass mir je wieder ein kompatibler, netter und auch noch freier Mann begegnete, schlich aus meiner Seele hoch in mein Bewusstsein. Ich war überzeugt, dass mir das Alleinleben nichts ausmachte, nein, im Gegenteil gut gefiel, und nun stellte sich heraus, dass ich einige Bedürfnisse offenbar negiert bis massiv verdrängt hatte. Ich fühlte mich *auf mich zurückgeworfen*, wie Psychologen das bezeichnen.

Nun brachte es also die Seuche an den Tag – wie so manches andere auch, was die Gesellschaft und die Wirtschaft betrifft …

Kapitel VII

Reflexionen

Im Alleinsein in meiner Wohnung hatte ich viel Zeit nachzudenken; nicht nur mein Gefühlsleben wahrzunehmen, sondern auch Fakten zu beobachten, zu sammeln, die ich an dieser Stelle, partiell soweit sie für die Allgemeinheit von Interesse sein könnten, teile.

Es fand und findet ein national-kollektiver Prozess der *Aufdeckung* statt, systemische Fehler kommen ans Tageslicht beziehungsweise werden in Reportagen zur Sprache gebracht. Im Großen wie im Kleinen; auf der Bühne der Welt-Politik, der Wirtschaft, Gesundheits- und Schulwesen aber auch in Familien, die plötzlich im täglichen Beisammensein in vielleicht zu kleinen Wohnungen, sich gegenseitig immens auf die Nerven gehen, sodass Menschen ausrasten, durchdrehen bis gewalttätig werden; Menschen, die sich plötzlich, ohne die Ablenkungen aus dem Außen, auf ihr Inneres zurückgeworfen, mit ihrem Schatten oder verdrängten Gefühlen oder Missständen innerhalb ihrer Beziehungen, seien es privater oder geschäftlicher Natur, konfrontiert sehen. Mängel und Schwachpunkte in allen Strukturen werden jetzt gnadenlos aufgedeckt.

Ist es beispielsweise richtig, dass das Gehalt eines Familienvaters heutzutage in der Mittelschicht der Bevölkerung häufig nicht mehr für den Lebenserhalt einer Familie ausreicht, die Ehefrau und Mutter deswegen mitarbeiten *muss* und die Kinder nur noch über Kindertagesstätten tagsüber versorgt werden können? Und was ist, wenn das System zusammenkracht, wie jetzt geschehen? Dann brechen Chaos und die totale Überforderung innerhalb der Familien aus und diesmal hat es wieder einmal die Frauen besonders hart getroffen. Homeschooling und Homeoffice, dazu der Haushalt – das ist schon eine zu bewältigende Aufgabe.

Oder bedauerliche Fehler der Regierung, die etwa seit Jahren existierende Notfallpläne jetzt nicht abrufen konnte, Mängel in der Organisation der Beschaffung von Schutzkleidung, Masken und Desinfektionsmitteln, systemische Fehler von Konzernen in Form von Produktionsverlagerung vieler wichtiger Güter ins Ausland wie Medikamente, Desinfektionsmittel und Schutzkleidung ... aus Kostengründen, was nun, in der pandemischen Krise, zu signifikanten Versorgungsengpässen führte. Denn sowohl Produktion, mangels Zulieferketten, als auch Warentransport waren nunmehr schwierig bis partiell unmöglich am Laufen zu halten. War bisher die Globalisierung hoch gelobt und immer mehr ausgeweitet worden, wurden jetzt deren Nachteile aufs Deutlichste sichtbar.

Chronologisch vorgreifend stellt sich heraus, dass sowohl der internationale Reiseverkehr als auch die Tatsache, dass Arbeitskräfte länderübergreifend überall arbeiten, meist zu Niedriglöhnen mit miserabler Unterbringung, dazu beitragen, dass so ein Virus sich mit Leichtigkeit über die ganze Welt verbreiten kann. Sowohl bei den aus Südosteuropa einreisenden Erntehelfern, beispielsweise Spargelstechern, als auch bei den Arbeitern in Großschlachtereien flammen immer wieder Corona-Herde auf. Betrachtet man die Videos in den Nachrichten, wie sie eng anstehen, ohne Mundschutz, um in das Flugzeug, das sie nach Deutschland zum Arbeiten bringt, einsteigen zu können, verwundert das nicht. Hier scheint es schon wieder an der Organisation zu mangeln. Diese Saisonarbeiter müssen in Zeiten von Pandemie natürlich, wie alle ins Land Einreisenden, entweder auf *Covid-19* getestet werden oder in Quarantäne, damit sichergestellt ist, dass kein vermehrter Virus-Eintrag ins Land erfolgt, was wieder immense Schäden für Gesundheit, Freiheit der Bürger und Wirtschaft nach sich zieht.

Dies sind nur einige Fakten, die die Verantwortlichen in der Regierung zum Nachdenken bewegen dürften. Dass das künftig anders geregelt werden müsse, war nunmehr in politischen Kreisen Konsens, aber das *Wie* wurde kontrovers diskutiert.

Am gravierendsten wirkte sich aber der mangelhafte Informationsfluss zwischen China und dem Rest der Welt und auch der WHO aus. So fehlten der WHO lange Wochen die Möglichkeit, die Sachlage angemessen einzuschätzen, weil China die dazu erforderlichen Angaben und wissenschaftlichen Erkenntnisse zum Ausbruch vom neuartigen Coronavirus nur schleppend, unvollständig oder gar falsch preisgab. Nach und nach wurden immer mehr Fakten öffentlich, häufig über die sozialen Netzwerke, die hier einmal ihr positives Gesicht zeigten, in Form von Amateur-Videofilmen, die die verheerende Situation in China verdeutlichten, sodass das Ausmaß des Infektionsgeschehens der Welt gegenüber nicht mehr zu verheimlichen war.

Von einer höheren Warte aus betrachtet, könnte man das Geschehen also wirklich als eine Art *Aufdeckungsprozess betrachten.* Veraltete, ungesunde, überholte Strukturen in den verschiedenen Systemen kommen ans Licht und müssen nunmehr überdacht werden beziehungsweise brechen weg, wie beispielsweise der Informationsfluss zwischen den Behörden als Fax anstatt digital, wie nach aufgetretenen Pannen beklagt wurde. Seit Jahren wird über die Digitalisierung geredet, aber umgesetzt wird sie nicht ausreichend.

Bezüglich der Übersterblichkeit Älterer, Gebrechlicher und gesundheitlich Vorgeschädigter könnte man diese Seuche – und das ist ein heikles Thema – weiterhin *als Reinigungssprozess* betrachten, etwas das in der Natur selbstverständlich ist. Der ewige Reigen des Werdens, Wachsens, sich Replizierens und schlussendlich wieder Vergehens. Altes, Schwaches, Geschädigtes wird in der Evolution *ausgemustert*, weil es nicht mehr überlebensfähig ist. Das mutet als sehr grausamer Prozess an, schwer erträglich, aber das schafft Platz für Neues, voller Lebenskraft, das die Art erhalten kann. Man kann das im Tierreich gut beobachten. Tödlich verletzte, kranke oder auch durch Alter entkräftete Wildtiere verkriechen sich zum Sterben oder werden von Raubtieren gejagt und aufgefressen. Was nicht überlebensfähig ist, wird von der Natur gnadenlos ausgemerzt. Die stärksten Tiere besiegen im Kampf ihre Widersacher, setzen sich durch, erobern das Weibchen und vermehren sich. Andere, Schwächere, haben keine Chance. So grausam anmutend sichert sich die Natur ihren Fortbestand.

Die Menschheit hat diese natürlichen Gesetzmäßigkeiten erfreulicherweise durch Fortschritt und Technik, hier besonders maßgeblich im Bereich Medizin, für sich und teilweise auch für ihre Tiere, abmildern können. Sie wuchs durch die Möglichkeit der wissenschaftlichen Forschung über dieses hart anmutende, selektive Prinzip der Natur hinaus, wo wir der Natur sozusagen ein Schnippchen schlagen und in der Lage sind, Leben erheblich zu verlängern. Spätestens in den Pflegeheimen jedoch, wo Menschen, künstlich am Leben erhalten, ein leidvolles Dasein fristen, bis der gnädige Tod endlich nicht mehr von Ärzten verhindert werden kann, sollte dieses Prinzip der Lebenserhaltung um jeden Preis hinterfragt und eher doch dem einzelnen Individuum das Recht auf Selbstbestimmung, auch auf würdiges Sterben, gewährt werden. Jedes Tier, das leidet und keine Hoffnung auf Genesung mehr besteht, erlösen wir durch Euthanasie, aber der Mensch muss sich quälen, vollgestopft mit Schmerzmitteln und Morphinen – er muss da durch ... und wenn er um Hilfe bittet, um Erlösung, wird diese häufig abgelehnt, mit fadenscheinigen, ja bigott anmutenden Einwänden, meist von Politikern oder Klerikern: *Man kann doch nicht einfach die künstliche Versorgung einstellen* ... Oder schlimmer: *Man darf Gott nicht ins Handwerk pfuschen* ... Für mich stellt sich das als eine ganz bequeme Ausrede dar. Nicht der Staat, sondern der betroffene Mensch muss das entscheiden dürfen. Mit jeder Wiederbelebungsmaßnahme wird Gott ins Handwerk gepfuscht! Ende September drohen Kleriker sogar damit, leidenden Menschen, die den Tod durch Euthanasie wählen, die Sterbesakramente zu verweigern. Das ist unerhört. Soll das menschlich sein, gnädig? Nein – das ist dogmatisch, hart, lieblos.

In meiner eigenen Familie musste ich erleben, wie behandelnde Ärzte Patientenverfügungen, in denen stand, dass lebensverlängernde Maßnahmen vom Patienten nicht gewünscht werden, nicht berücksichtigten, weil die Formulierung eben in dieser ganz speziellen Situation nicht greifen würde – oder oft aus ganz praktischen Gründen. In den Krankenhäusern herrscht Schichtdienst und wenn der behandelnde Arzt und sein Team wechseln, ist diesen dann die Verfügung des Patienten oft gar nicht bewusst. In den von mir beobachteten Fällen war es so. Man müsste die Patientenverfügung über das Kopfende des Bettes an die Wand kleben, damit jeder Behandler das zu jeder Zeit zur Kenntnis nehmen kann. Das ist natürlich ein Scherz, weil überhaupt nicht praktikabel. Nun könnte man sagen, dass das eine Frage der Organisation ist, jedoch: Ärzte sind auch nur Menschen und verrichten häufig abgehetzt, unter Stress und überarbeitet ihren Dienst. Zeitdruck durch Personalmangel sind dafür wohl ursächlich.

Leider gilt auch in Krankenhäusern das Prinzip der Gewinnmaximierung und damit dominieren Einsparungsmaßnahmen. Es darf bezweifelt werden, ob Krankenhäuser und Pflegeheime dafür der richtige Ort sind ... Wenn man nicht jemanden hat, der für einen kämpft, hat man als Patient schlechte Karten. So sehen die Fakten leider aus. So wird heute bereits zur Selbsthilfe in Form von Verweigerung der Nahrungsaufnahme gegriffen, wobei der Patient dann auch noch Qualen des Verhungerns aushalten muss, bis er dann endlich sterben kann beziehungsweise darf.

Derartiges Prozedere, der unbedingte Zwang zum Weiterleben, ist aus meiner Sicht geradezu unmenschlich. Aus jüngster Zeit gibt es aber nunmehr ein höchstrichterliches Urteil, das diese Lage verbessern dürfte, dem Patienten mehr Selbstbestimmungsrechte ermöglicht. Jüngst wurde jedoch in einer Talk-Runde kommuniziert, dass der Bundes-Gesundheitsminister eine entsprechende Anordnung nicht herausgibt, während viele Leidende dringend darauf warten. Wo ist die Mitmenschlichkeit?

Und nun kommt *Covid-19* und rafft arme Hochbetagte einfach dahin. Mit Sicherheit sind auch viele dabei, die noch nicht gehen wollen, noch am Leben hängen, und diese müssen natürlich unterstützt und alles für sie medizinisch Mögliche getan werden; eben immer nach dem Willen des Individuums und nicht, staatlich angeordnet, über seinen Kopf hinweg. Das ist der Punkt.

Das hat auch ein Arzt, Ethiker und Palliativmediziner bei Markus Lanz so definiert. Er müsse Menschen gegen *Covid-19* mit der sehr belastenden Methoden der maschinellen Beatmung behandeln, die so alt und vorerkrankt sind, dass sie das gar nicht mehr wollen. Sie wollen lieber gehen, als das noch auszuhalten, man lässt sie aber nicht. Karl Lauterbach, Arzt, Epidemiologe und SPD-Politiker, erläuterte übrigens, dass 60 Prozent der Patienten die Beatmung ohnehin nicht überleben und der Rest danach lebenslang ein Pflegefall wird, weil durch dieses Prozedere die Lunge so sehr belastet beziehungsweise geschädigt wird.

Als ich das hörte, merkte ich, dass es gar kein so erstrebenswertes Ziel ist, im Bedarfsfalle einen Beatmungsplatz zu erhalten. Ich habe für mich beschlossen, dass ich das nicht möchte. Die Frage ist, ob ich im entsprechenden Fall von Ärzten *zwangsbeglückt* würde … Da man selber in so einer Situation gar nicht mehr handlungs- und weisungsfähig ist, bräuchte man wieder eine gute Seele, die das für einen durchkämpft.

Eine *ethische Korrektur* hätte die Menschheit schon nötig, beobachtet man ihr Treiben – Korruption, Ausbeutung von Mensch, Tier, systematische Zerstörung des gesamten Ökosystems, Mord, Totschlag, Vergewaltigung und Quälerei der Kreatur ... Es kommen einem erhebliche Zweifel, ob die dafür Verantwortlichen überhaupt empathiefähig sind, geschweige denn schon etwas von Mitgefühl und Liebe gehört haben. Um ihrer persönlichen Vorteile willen – es geht um Geld, Macht, Sex – machen sie alles, ohne Rücksicht auf Verluste. Es werden Milliarden angehäuft, wobei der Sinn sich einem nicht mehr erschließt. Wenn einer fünf Häuser, zehn Autos und zwei Jachten hat, reicht das nicht? Wofür braucht er all diese Milliarden sonst noch? Ist er deswegen glücklicher, erfüllter, gesünder? Ich wage, das anzuzweifeln.

Und dabei ist diese Raffgier äußerst kurzsichtig, denn ihren eigenen Enkelkindern hinterlassen sie einen Scherbenhaufen in Form eines ruinierten Planeten mit einem zerstörten Ökosystem. Es sieht nicht so aus, als würden derartige Überlegungen bei diesen Menschen irgendeine Rolle spielen. Nein, der äußerst vermögende Präsident der Vereinigten Staaten von Amerika, Donald Trump, hat bei Antritt seiner Amtszeit mal gleich das Klimaabkommen aufgekündigt, weil die Erderwärmung ja gar nicht von Menschen initiiert sei. Das wäre ein dummes Märchen. Dafür hat er die Steuern für die Reichen gesenkt, bei so viel Armut im Lande – man kann das gar nicht mehr glauben.

Dabei gibt es so viele wissenschaftliche Beweise für den Klimawandel, so viele Naturkatastrophen, die statistisch belegt zeigen, dass die in der Natur üblichen Vorkommnisse seit Jahren bei Weitem überstiegen werden, dass eine derartige Behauptung wider jede Vernunft ist.

Kapitel VIII

Die Seuche greift um sich

Mit großen Widerständen und fehlender Einsicht reagierte Donald Trump, der Präsident der Vereinigten Staaten von Amerika, auf den Ausbruch von *Covid-19* in seinem Land: Dieses Virus sei nur eine kleine Grippe und würde von alleine wieder vergehen, behauptete er wider besseres Wissen. Im Sept. 2020 wurde ein Video veröffentlicht, als er sich mit jemandem unterhielt, und das zeigte, dass ihm die Gefährlichkeit dieses Virus sehr wohl bewusst war, er es jedoch seiner Bevölkerung gegenüber verheimlichte, angeblich um den Ausbruch einer Panik zu vermeiden. Kann sein …

Die Seuche wütete und wütet fürchterlich in den USA. Bis heute, September 2020, über sieben Millionen bestätigte Fälle und über 200.000 Tote. Besonders hart hat es zum Beispiel New York erwischt. Man sah verstörende Bilder, wie Leichen in Kellern, nebeneinander aufgebahrt, und Gabelstapler, die Tote in Kühlwagen transportierten, um sie zwischenzulagern, weil sie nicht mehr wussten, wohin mit ihnen.

Besonders schwer hat es die Bevölkerung der USA getroffen, weil viele von ihnen nicht einmal eine Krankenversicherung besitzen und sich die Testungen beziehungsweise medizinisch notwendige Behandlungen überhaupt nicht leisten können.

Donald Trump gab der Bevölkerung den Rat, man solle sich doch selber Desinfektionsmittel applizieren – die Hersteller mussten dann auf den Verpackungen Warnhinweise anbringen, dass die Menschen das keinesfalls trinken oder sich injizieren sollten, da hoch toxisch. Da kann man nur noch den Kopf schütteln.

Was Donald Trump schon alles Ungeheuerliches von sich gegeben hat – mit seinen *alternativen Fakten* … Bei uns hätte der schon zehnmal zurücktreten müssen.

Ende Juni steckten die Vereinigten Staaten bereits in einer zweiten Welle bei rund 40.000, Ende Juli rund 60.000 Neuinfizierten pro Tag.

Mitte April begannen auch in Brasilien die Fallzahlen von *Covid-19* explosiv zu steigen. Auch der Präsident dieses Landes, Jair Bolsonaro, bezeichnete diese Krankheit als *kleine Grippe*. Fakt ist jedoch: Am 03.08.2020 gab es bereits 2,7 Mio. Infizierte im Land bei rund 94.000 Todesfällen, inzwischen sind es fast fünf Millionen Infizierte und rund 150.000 Tote – weil Jair Bolsonaro einfach weiterhin so tut, als wäre nichts los.

Und nun sterben also tatsächlich meist sehr alte Menschen und Vorerkrankte an dieser Seuche, die zu ihren vorhandenen Gebrechen hinzukommt und quasi, wie ein Katalysator, deren Tod beschleunigt. Aber es erwischt nicht nur Ältere, sondern auch Menschen jüngeren Alters, darunter unter anderem Fettleibige, die sich ungesund ernährt hatten, und Diabetiker, des Weiteren Herz-Kreislauf-Erkrankte, Hypertoniker und andere, die zu den Vorerkrankten zählen und teilweise ebenfalls eine sehr schwere Verlaufsform haben. Davon sehr betroffen ist zum Beispiel Mexiko. Und die größten Ignoranten, nämlich Bolsonaro und Boris Johnson erkrankten auch an *Covid-19* so schwer, dass sie auch auf der Intensivstation behandelt werden mussten. Nur Donald Trump blieb bisher unversehrt. Nun, der ist gut abgeschirmt und privat viel auf dem Golfplatz – da hat man naturgemäß viel Abstand zu den anderen.

Der chinesische Arzt, der als Erster vor diesem gefährlichen Virus warnte, ist daran gestorben und ein 58-jähriger Chefarzt einer Klinik in Passau, der sich vorher guter Gesundheit erfreut hatte.

Von massenhaftem Sterben im Frühjahr, besonders in Italien, Region Lombardei, war die Rede, im Fernseher waren grauenvolle Bilder aus Bergamo zu sehen, die totale Überlastung des italienischen Gesundheitssystems deutlich vor Augen führend. Verzweifelte Ärzte hetzten zwischen Patienten hin und her, zu wenig Intensivbetten, Beatmungsplätze usw. Sie mussten tatsächlich in Form einer *Triage*, wie der Fachausdruck dafür heißt, entscheiden, wen sie behandeln und wen sie, aufgrund von Platzmangel, einfach sterben lassen mussten. Selbst die Krematorien und Bestattungsinstitute waren überlastet, der Staat musste mit seinem Heer helfen, die Leichen abzutransportieren und teilweise in Massengräbern zu begraben. Schreckliche Bilder, die um die Welt gingen. Nicht zuletzt führten diese in Deutschland wohl dazu, dass der Großteil der Bürger den Ernst der Lage verstand und einsichtig ausführte, was die Regierung vorgab.

Die Medizin steht vor vielen Rätseln bezüglich dieses Virus.

In mir kroch langsam die Angst in all meine Seinsebenen. Ich fühlte mich sehr bedrückt. Man sah in den Medien, wie toll die Italiener mit der Bewältigung der Ausgangssperre umgingen: Sie stellten sich nachts auf ihre Balkone, sangen sich zu und musizierten. Dann begann man in Deutschland in den großen Städten so etwas nachzumachen. Das waren bewundernswerte Strategien, diese Isolation zu bewältigen, aber bei uns auf dem Lande, da gab's so was nicht. Zudem sind meine Nachbarbalkone nahezu menschenleer, weil um mich herum zu wenige Menschen dauerhaft wohnen.

Die Wochen vergingen. Bei meinem täglichen Jogging und abendlichen Spaziergängen mit meinem Hund nahm ich das Erwachen der Natur wahr – der Frühling war da. Die Sträucher und Bäume fingen an, in frischem, zarten Grün auszutreiben und zu blühen. Ich atmete tief den Duft des Frühlings ein – kurze Impulse von Freude, Erleichterung, dass der Zyklus der Natur unverändert zum Leben erwacht. Das hatte die Pandemie nicht verändern können.

Wie schön wäre es, jetzt meinem Sport nachgehen zu können, Golf zu spielen, aber das ging nicht, alle Plätze waren gesperrt; wobei ich diese Entscheidung, Sportarten wie Tennis oder Golf zu untersagen, für unnötig erachte. Die Tennisspieler sind weit auseinander und wenn sie das auch zu Anfang und Ende des Matchs auch bleiben, besteht keine Gefahr. Die Golfer sind, wenn sie alleine oder Paare zu zweit gehen (die zusammen gehören) rund 150 Meter vom Vordermann entfernt – das ist völlig unbedenklich. Aber ich kann es mir lebhaft vorstellen, wie schwierig die Entscheidungen für die Regierung waren. Es konnten in der gebotenen Geschwindigkeit einzelne Details gar nicht alle bedacht werden.

Die Sonne schien so schön. Täglich konnte man draußen auf einer Bank sitzen, alleine natürlich, aber für die Natur bedeutete dieses nachhaltig schöne Wetter ohne Regen leider ein Problem, nämlich Dürre. Die Landwirte und Klimaforscher gaben düstere Prognosen bezüglich der wahrscheinlich bevorstehenden Missernte von sich. Es würde alles teurer werden – ach was!

Die EZB ist das einzige Organ, das die ständigen Teuerungen seit Jahren nicht wahrnimmt. Beispiel Lebensmittel: Preis einer Breze lag vor einigen Jahren bei 45 und jetzt bei 67 Cent. Oder der Espresso im Café: vor fünf Jahren 1,90 Euro, jetzt 2,50. Die Äpfel *Pink Lady*: sechs Stück bei Aldi vor drei Jahren 1,98, dann 2,29, jetzt 2, 89! Diese Liste könnte endlos fortgesetzt werden. Aber wir haben ja keine Inflation – meint die EZB.

Natürlich sind im sogenannten *Warentopf*, der den Berechnungen zugrunde gelegt wird, Dinge enthalten, die nicht teurer oder sogar billiger geworden sind – vielleicht … aber die Dinge des täglichen Lebens sind nicht Fernseher, die kauft man nicht einmal im Monat. Die Berechnungsgrundlagen müssten dringend reformiert werden. Was zählt, ist, die monatliche Belastung an Ausgaben, die der Bürger regelmäßig von seinem Einkommen stemmen muss.

Dann kam Ostern. So ein Ostern habe ich noch nicht erlebt und ich glaube, die Welt auch nicht. Kein feierlicher Festgottesdienst, kein vergnügtes Ostereiersuchen für die Kinder, keine Ausflüge, keine Familienbesuche, kein Osterlamm in meinem Stamm-Wirtshaus. Normalerweise sprudelt der Ort förmlich über vor Besuchern, die voller Freude diese Tage in einem schönen Hotel verbringen wollen, mit einer Vielzahl von Unterhaltungsangeboten der Kurverwaltung und der einzelnen Häuser. Heuer: Leere, Stille, Isolation. Alles zu … Scheibenkleister!

Ich kaufte mir einen kleinen Lammbraten und die benötigten Zutaten, dazu einige gefärbte Ostereier und ein Stück Osterschinken (traditionell geräuchert und gekocht), der Metzger reichte mir mein Päckchen durch ein Fenster und wünschte mir ein frohes Osterfest, mein Osterbrot erstand ich noch beim Bäcker – fest entschlossen, dieses Ostern so stilvoll und traditionell, wie für dieses Fest angemessen und mir möglich, zu verbringen.

Am Ostersonntag richtete ich mir mein Osterfrühstück und folgte dem im Fernseher übertragenen Gottesdienst. Ich versuchte mitzusingen, jedoch war meine Stimme tränenerstickt. – Tapfer durchhalten. Die Strukturen des Tagesablaufs erhalten, mein Osterlamm zubereiten und mit Appetit verspeisen. Es war sehr lecker geworden. Spaziergang. Dann auf eine Parkbank in die Sonne setzen im menschenleeren Kurort. Dann kam ein älteres Paar vorbei, das auch hier dauerhaft wohnt, und sprach einige Sätze mit mir – natürlich den gebotenen Abstand einhaltend.

Für mich war die dauerhaft scheinende Sonne ein Segen. Auch wenn ich sorgenvoll die kleinen Pflänzchen des Maisfeldes beobachtete die, statt zu wachsen, leichte Tendenzen zeigten, gelb zu werden. Für uns Bürger war das schöne Wetter gut. Wir konnten zum Spazierengehen und zum Joggen und zum Hunde-Gassi raus. Unser bayerischer Ministerpräsident hat uns das erlaubt, er hatte ein Einsehen. Aber die Natur lechzte nach Wasser. Wie immer hat alles seine zwei Seiten.

Ohne Sonne glaube ich, wäre es unerträglich gewesen, über Monate allein zuhause … In der Tat trafen sich mit der Zeit jeden Nachmittag einige betagte Bekannte, meist in den 80ern. Jeder setzte sich auf eine Parkbank, fünf Meter auseinander, und da konnten wir uns austauschen. Ich, die weitaus Jüngste unter ihnen, hörte ihnen zu, sie erzählten über ihre ungeheuerlichen Ängste und ihre massive Verunsicherung, die sie quälte. Die Älteren waren förmlich in Panik. Sie hatten grauenvolle Ängste. Sie fragten mich sehr viel, wie sie sich verhalten sollten, zum Beispiel beim Einkaufen. Viele hatten Probleme sich zu versorgen, waren sie doch bisher zum Mittagessen in Wirtshäuser gegangen, jetzt mussten sie selbst kochen. Die Verunsicherung war groß. Ich informierte mich ja regelmäßig und erklärte und half, so gut ich konnte.

So hatten wir uns gegenseitig zum Zuhören und danach war es leichter, wieder heimzugehen. Ich war die Einzige von ihnen, die völlig alleine war …

Im November 2019 hatte ich begonnen, ein Buch zu schreiben, die Biografie einer Freundin, die ein sehr bewegtes, interessantes Leben hatte: *Vom Theater mit Männern und der Heizung*. Mit der Beschäftigung damit konnte ich mich immer wieder ablenken und emotionell über Wasser halten. Am 27. März erschien es. Stolz erzählte ich es dem besagten Kreis meiner Bekannten, die sehr erstaunt waren und es sofort haben wollten. Nun hatten wir Gesprächsstoff. Der Titel löste geteilte Meinungen aus oder traf gar auf Unverstand, das Cover gefiel. Einige kauften es sich sofort über das Internet und verschlangen es förmlich, andere blieben eher gleichgültig. Mir gab es Auftrieb und machte Freude, lenkte mich von der bedrückenden Situation auf der ganzen Welt ab, wo das Virus sich unaufhaltsam ausbreitete.

In Corona-Zeiten, da alle Geschäfte, auch Buchhandlungen geschlossen waren und die gesamte Wirtschaft heruntergefahren war, befasste ich mich jedoch vorerst nicht mit der Vermarktung. Gott sei Dank, kann ich im Nachhinein nur sagen, gestaltet sich später dieses Unterfangen doch als äußerst schwierig und hätte mich wahrscheinlich eher deprimiert. Kurz gesagt: Bis du ein unbekannter Autor mit einem kleinen Verlag, kommst du nicht in die Buchhandlungen rein. Dort liegen überall die gleichen Bücher namhafter Autoren der großen Verlage. Und liegt dein Buch nicht in den Buchhandlungen, nimmt dessen Existenz niemand wahr, also kauft es auch keiner, damit bleibt es unbekannt und deshalb kommt es in nicht in die Buchhandlungen … usw. usw. … Ein Teufelskreis. Im Internet läuft das ähnlich. Da ist es zwar zu finden, wenn du den Titel eingibst, sonst taucht es aber nicht auf.

Durch viele Recherchen stellte ich fest: Es gibt die Möglichkeit des Selfpublishings, aber da braucht man eine Menge Fertigkeiten wie Hochladen, Verlinken usw. – für mich leider böhmische Dörfer.

Dann versuchte ich, eine Firma zu finden, die mir hilft es, zu vermarkten. Ich wollte das ja nicht umsonst – allein: höfliche bis weniger höfliche Ablehnung.

Das ist schon wieder so ein Lobbyismus. Nicht das Werk zählt, sondern der Name, der Verlag, der Bekanntheitsgrad, die Beziehungen. Ich habe so viele Bücher gelesen in meinem Leben, da war so viel langweiliges bis unmögliches Zeug dabei – aber: es stand in den Buchhandlungen. Eigenartig. Aber ich hatte und habe was zum Nachdenken. Es lenkt mich ab. Ich denke immer noch ...

Kapitel IX

Kurz zur Chronologie

Am 27. März bekundete Lothar Wieler, Präsident des RKI, dass noch nicht absehbar sei, ob die Eindämmungsmaßnahmen der Pandemie bereits griffen, deshalb würden diese vorerst zwei Wochen länger gelten, nämlich bis zum 20.04. Der Bundesrat genehmigte ein Corona-Rettungspaket.

Am 29.03. wurden in den USA 140.000 Infektionen gemeldet.

Am 30.03. stieg die Zahl der Infizierten in Deutschland auf über 60.000, die Todesfälle auf über 500.

Am 31.03. meldete die Johns-Hopkins-Universität weltweit über 800.000 Infizierte und beinahe 40.000 im Zusammenhang mit *Covid-19* Gestorbene.

Die Fallzahlen in Deutschland stiegen weiter expansiv. Am 02.04. waren es schon rund 80.000 Infizierte und 1000 Tote. Rund drei Tagen später waren es bereits 2000 Tote im Zusammenhang mit *Covid-19*.

Am 06.04. führte die Stadt Jena in Thüringen die Maskenpflicht ein, der Rest des Landes diskutierte noch darüber. In den Talk-Runden besprachen sie ebenfalls dieses Thema kontrovers. Erstaunlich waren schon die unterschiedlichen Meinungen von Virologen.

Am 10.04. waren weltweit mehr als 100.000 Menschen mit *Covid-19* gestorben.

Am 14.04. waren es mehr als 4000 Corona-Tote in Deutschland, weltweit vergleichsweise wenige, wobei auch die Zahl der Geheilten stieg, was Be- und Verwunderung in den europäischen Nachbarländern auslöste. Irgendwas scheinen wir richtig gemacht zu haben.

Die Kapazitäten in deutschen Krankenhäusern betreffs Intensivbetten wurden erheblich ausgeweitet. Im Nachhinein betrachtet standen viele leer, wurden nicht gebraucht. Gut so. Aber die Klinikbetreiber murrten, sie hätten wichtige OP-Termine bezüglich anderer Erkrankungen nicht ausführen können.

Am 15.04. wurde das Tragen von Mund-Nasen-Schutz von der Regierung empfohlen.

Am 26.04. waren weltweit bereits mehr als 200.000 an *Covid-19* gestorben. Die Seuche breitete sich dramatisch in Brasilien aus.

Am 27.04. endlich galt inzwischen in allen Bundesländern die Mundschutzpflicht im öffentlichen Bereich, also zum Einkaufen, ÖPNV usw.

Die Kontaktsperre wurde bis 03.05. in Deutschland verlängert. Einige Geschäfte wie Baumärkte durften in vielen Bundesländern wieder öffnen, in Bayern nicht. Unser Ministerpräsident war wachsam und vorsichtig, was von der Mehrheit der Bevölkerung mitgetragen wurde. Seine Zustimmungswerte lagen bei über 90 Prozent.

Die Kontaktbeschränkungen zeigten Wirkung, die Lage im Lande verbesserte sich. Gott sei Dank!

Dann wurde auch in Sachsen die Maskenpflicht eingeführt, weil das in Jena gute Ergebnisse geliefert hatte.

Am 20.04 traten die ersten vorsichtigen Lockerungen der Corona-Schutzmaßnahmen in Kraft. Viele Bundesländer erlaubten wieder das Einkaufen in Geschäften, jedoch nicht so in Bayern.

Ab 27.04. galt in allen deutschen Bundesländern eine Mundschutzpflicht im öffentlichen Raum und in Bayern durften Geschäfte bis 800 qm und die Außengastronomie wieder öffnen, wo die Fallzahlen erleichternderweise zum ersten Mal unter 100/Tag fielen.

Anfang Mai kam die Kehrtwende und einige Bundesländer, wie Niedersachsen, preschten mit Lockerungen vor. Die Bundeskanzlerin und einige Virologen stemmten sich dagegen, es sei zu früh, man laufe Gefahr, das Erreichte zu verspielen. Doch der Druck, der hauptsächlich von der Bevölkerung in Form von Protestmärschen initiiert und von den Politikern aufgegriffen wurde, war zu groß und sie gab nach. Es wurde am 06.05. vereinbart, die Verantwortung den einzelnen Ländern zu übertragen und bei einer Obergrenze von Fallzahlen, nämlich 50 Infizierte je 100.000 Einwohner innerhalb von sieben Tagen, wieder die Eindämmungsmaßnahmen zu ergreifen.

Am 11.05. durften in Thüringen die Kinder wieder in die Schule.

Am 14.05. vermeldeten die Wissenschaftler des Uni-Klinikums Hamburg-Eppendorf, dass das Virus neben der Lunge auch andere Organe wie Nieren, Herz, Leber und Gehirn befällt.

Die Coronavirus-Infektionszahlen gingen zurück, ab 10.05. lagen sie bundesweit wieder unter 1000/Tag – vorsichtiges Aufatmen.

Am 16./17.05. startete die Bundesliga wieder durch, jedoch ohne Zuschauer und mit einem ausgefeilten Hygienekonzept.

Ende Mai durfte man konstatieren, dass sich die Zahl der aktiven Corona-Fälle in Deutschland halbiert hatte, der Anstieg der Zahl der Todesopfer verlangsamte sich und lag nun bei rund 8400.

Am 25.05. durften auch in Bayern die Restaurants im Innenbereich wieder öffnen. Abstandsregeln natürlich – viele Tische konnten nicht belegt werden, was zu Bedenken der Gastronomen führte. So rentiere sich der Betrieb nicht, beklagten sie.

Am 30.05. durften Hotels und Campingplätze wieder Gäste empfangen – unter strengen Hygieneauflagen, versteht sich.

Parallel zu diversen Lockerungen der Beschränkungen der Regierung häuften sich Protestveranstaltungen. Bilder von Schlauchboot-Protestierenden in Berlin und zahllosen anderen Demonstrationen wurden verbreitet; meist ohne Mundschutz und ohne Abstand.

Währenddessen wurden Corona-Soforthilfen vom Staat ausbezahlt, die leider von *schwarzen Schafen* schamlos ausgenutzt wurden. Am 02.06. wurden rund 4100 Verdachtsmeldungen auf Soforthilfe-Betrug gemeldet.

Am 06./07.Juni steigerten sich die Proteste in Deutschland ins Fanatische, weil eine große Rassismusdebatte aus den USA zu uns herüberschwappte. Ein Schwarzer war von einem US-Polizisten bestürzenderweise auf offener Straße so schwer verletzt worden, das er danach in der Klinik verstarb. Sofort wurde das in Deutschland von allen möglichen Randgruppierungen, die Demos anmeldeten und im Internet zur Teilnahme aufriefen, schamlos ausgenutzt, als wenn bei uns auch nur annähernd so etwas möglich wäre.

Mitte Mai pendelten sich die täglichen Fallzahlen in der BRD auf Werte zwischen 300 und 700 ein.

Am 08.06. durften wieder die ersten deutschen Urlauber nach Mallorca fliegen. Begeistert wurden sie dort klatschend in Empfang genommen. Selbstverständlich war und ist die dortige Wirtschaft durch das komplette Wegbrechen der touristischen Einnahmen schwer gebeutelt. Bedauerlicherweise war die Unvernunft der Urlauber gleich wieder präsent – am Ballermann waren Trauben von hemmungslos feiernden Menschen zu sehen, sodass sich die Regierung dort gezwungen sah, diese Lokale zu deren Leidwesen gleich wieder zu schließen.

Am 09.06. fanden weitere Lockerungen, besonders in Thüringen statt und am 10.6. öffnete Deutschland die Grenzen wieder. Die Binnengrenzkontrollen fielen weg.

Am 16.6. startete die Corona-Warn-App, die Ende Juli rund 16-millionenmal heruntergeladen wurde, bis heute knapp 18-millionenmal. Näheres dazu erläutere ich weiter unten.

Die großen Ferien in den einzelnen Bundesländern begannen der Reihe nach, die Bürger ließen es sich nicht nehmen, zu reisen. Das bedauerliche Ergebnis folgt weiter im Text.

Währenddessen zeigte es sich, dass es auch In-
dien schwer erwischt hat: Mitte September sechs
Millionen Infizierte, bei rund 100.000 Todesfällen.
Ende September 2020 sind weltweit 34 Millionen
Menschen infiziert bei über einer Million Todesfäl-
le.

Kapitel X

Rückschläge

Am 17. Juni 2020 erfuhr die nationale Corona-Bekämpfung einen herben Rückschlag. Bei einem fleischverarbeitenden Betrieb (*Tönnies*) in NRW wurden 730 Mitarbeiter positiv getestet, rund 7000 Menschen mussten in Quarantäne. Schulen und Kitas wurden geschlossen, sogar die Bundeswehr unterstützte den Landkreis bei Corona-Massentests.

Bayern verhängte ein Beherbergungsverbot für Urlauber aus diesem Landkreis, weil bei denen gerade Ferienbeginn war und die bayerische Regierung wohl Bedenken hatte, dass diese das Virus in Bayern vermehrt eintragen würden, waren doch die täglichen Fallzahlen in Bayern auf erfreuliche 200–300 gesunken. Da in Bayern die Situation schlimmer war und die Einschränkungen länger gedauert hatten, als in den übrigen Bundesländern, hatten wir berechtigte Angst, das Erreichte wieder zu verspielen. Ätzende Kritik in politischen Kreisen anderer Bundesländer war die Folge. Aber: Unser Ministerpräsident ließ sich nicht beirren, bis ein Gericht dann Ende Juli diesen Erlass des Beherbergungsverbots für unzulässig erklärte.

Aber Bayern war nicht das einzige vorsichtige Bundesland. Auch von *Meckpomm* wurden Urlauber aus dem Kreis Gütersloh, wo mittlerweile, wie auch in Warendorf, ein Shutdown ausgesprochen war, zurückgeschickt. Mir haben die Leute leidgetan. Die Bürger konnten doch auch nichts dafür. Anfang Juli wurde der Shutdown wieder aufgehoben. Der Ausbruch war unter Kontrolle.

Der Reihe nach und punktuell gab und gibt es immer wieder Ausbrüche – in Wohnblöcken, Kirchen, bei Familienfeiern wie Hochzeiten, Beerdigungen, in Schlacht- und in landwirtschaftlichen Betrieben, wo Erntehelfer aus Südosteuropa arbeiteten etc. Hinzu kam, ich darf hier vorgreifen, der Reiseverkehr der Urlaubsheimkehrer zum Ende der großen Ferien, die es sich nicht nehmen ließen, ihren Urlaub in Ländern zu verbringen, wo Reisewarnungen ausgesprochen waren. Lediglich 50 Prozent der Rückkehrer ließen sich freiwillig testen und rund 1,5 Prozent davon waren Corona-positiv. Hier fanden angemessene Maßnahmen statt – und was ist mit den zu erwartenden, nicht bekannten 1,5 Prozent der anderen Hälfte, die sich nicht testen ließ? Glaubt man ernsthaft, dass diese Gruppe freiwillig in Quarantäne ging? Das ist lächerlich. Und die kamen nun ins Land und verteilten das Virus überall – wunderbar. Das hatten wir doch schon Anfang des

Jahres … und nichts daraus gelernt? Im August erlebten wir also Ähnliches wieder.

Der deutsche Gesundheitsminister, Jens Spahn, sagte Ende Juli, angesichts der Reiserückkehrerwelle aus den großen Ferien, wolle er prüfen lassen, ob die Reiserückkehrer verpflichtet werden könnten, sich bei der Heimreise testen zu lassen … Warum erst jetzt? Hatte er nicht einige Monate Zeit, das juristisch zu klären? Zu spät! Bayerns Ministerpräsident hat es bereits formuliert.

Anfang August 2020 wird bereits von einer zweiten, flacher verlaufenden Welle gesprochen. So. Ein wichtiger Unterschied ist jetzt aber: Die Krankenhäuser sind vorbereitet, Intensivkapazitäten ausgebaut und – wir haben jetzt Masken.

Meiner Beobachtung nach haben die Länder und Kommunen angemessen reagiert und die Ausbrüche in den Betrieben unter Kontrolle gebracht. Aber es ist unzweifelhaft zu beobachten: Immer wenn viele Menschen auf einem Haufen arbeiten oder feiern und die Abstands- und Hygieneregeln nicht oder nicht genug beachtet werden, erfolgt ein neuer Infektionsausbruch. Allen Aufforderungen an die Bevölkerung, doch Verantwortung zu übernehmen, zum Trotz.

Es hört nicht auf! Es ebbt nicht ab. Wo es kann, wo man ihm Gelegenheit gibt, schlägt das Virus erneut zu …

Vorgreifend: Ende September beobachtet die Regierung sorgenvoll das leichtsinnige Treiben der jungen Bevölkerung, die der erneuten Verbreitung des neuartigen Coronavirus, zusätzlich zu den Reiserückkehrern sowie ausgiebigen familiären Feiern von Großfamilien, Vorschub leisten. Die Fallzahlen in Deutschland klettern wieder auf täglich bis zu 2000 …

Kapitel XI

Rationelle Überlegungen

Eine normale Grippe-Welle wäre schon längst vorbei. Insofern sind die multiplen Aussagen von Fachleuten oder solchen, die es zu sein vorgeben, die ständig im Netz hetzen, was für ein Unsinn die gesamten Maßnahmen der Regierung doch seien, dass dieses Coronavirus ungefährlich oder gar nicht existent sei, ad absurdum geführt.

Es ist nicht zu fassen, nicht zu glauben ... die Menschheit muss nahezu hilflos zusehen, wie ihre Gesundheit massiv bedroht und die Weltwirtschaft an den Rand der Zerstörung gebracht wird. Gigantische Rettungspakete für die Wirtschaft werden auf die Beine gestellt. Schulden über Schulden – von künftigen Generationen abzutragen.

Aber was wäre die Alternative? Ließe man die Wirtschaft zugrunde gehen, wäre das besser? Ich glaube kaum, dass die kommenden Generationen von vorne anfangen wollen, wie wir es nach dem 2. Weltkrieg getan haben.

Die Menschheit ist mittlerweile hoch technologisiert, wissenschaftlich fortschrittlich, man arbeitet an Algorithmen, die alles zu kontrollieren und zu steuern in der Lage sind, an Robotern, Quanten-

Computing, Gentechniker können ganze Gen-Sequenzen in der DNA des Zellkerns entfernen, um zum Beispiel den Ausbruch einer Erb- oder Stoffwechselkrankheit eines Menschen bei genetischer Determinierung oder Disposition zu verhindern. Fortschritt über Fortschritt – und bezüglich eines Virus stehen wir völlig hilflos da – an der Wand sozusagen.

Ich kann mir langsam nicht mehr vorstellen, dass ein derart gefährliches Virus einfach auf einem Markt in Wuhan von Tier auf Mensch übergesprungen ist, wie vom chinesischen Regime behauptet wurde … Die essen diese Tiere doch immer und regelmäßig, ist so etwas wahrscheinlich? Für mich nicht. Zumal diese Tiere ja nicht roh, sondern gekocht verspeist werden. Ohne irgendwelche Hintergründe zu kennen, keimte in mir der Verdacht, dass es sich um ein experimentelles Virus handeln könnte, das versehentlich (nicht absichtlich) aus einem Labor entwich und die Epidemie in China und später die Pandemie auslöste. Denn wieso wusste China um die Brisanz dieses *neuartigen* Coronavirus, wieso gleich dieses Drama? Wieso haben die gleich Krankenhäuser aus dem Boden gestampft, wenn es denn lediglich eine normale Infektionswelle, wie Coronaviren sie gewöhnlich auslösen, gewesen wäre? – Ich traue der Sache nicht …

Tatsächlich wurde Wochen später von Forschern der USA berichtet, sie hätten bereits vor drei Jahren vor Experimenten in China mit Corona-Viren gewarnt. Aha. Und solche Forschungslabore soll es mehrere in Wuhan geben ... Das glaube ich sofort. Es wurde eher dementiert beziehungsweise von Forschern als unwahrscheinlich bezeichnet. Sie hätten keine gentechnischen Änderungen in diesem Virus gefunden. Mag sein – weiß man aber nicht. Die Bevölkerung erfährt hier zu wenig.

Donald Trump verfocht hartnäckig diese These und bezeichnete Sars-CoV-2 als das chinesische Virus. Das macht er zwar aus taktischen Gründen, aber in diesem Falle glaube ich, dass er recht hat.

Kommen wir nun zu dem Teil des Buches, in dem ich sowohl über meine persönliche Wahrnehmung als Bürgerin als auch über die emotionellen Vorgänge in der Bevölkerung berichte, die diese Seuche und die eingeleiteten Maßnahmen der Regierung bewirkten.

Kapitel XII

Stimmung der Bevölkerung: Widerstände und Angst

Meine Zeit des Alleinseins im Lock down, lediglich unterbrochen durch Versorgungseinkäufe, die ich auf höchstens zwei in der Woche beschränkte, aus Angst vor Ansteckung. In Bayern hatten sich einige Brennpunkte entwickelt und selbst in Niederbayern stiegen die Fallzahlen; moderat im Vergleich, aber immerhin.

Als beachtenswert erlebte ich das angespannte Schweigen im Supermarkt und die Unvernunft beziehungsweise Ignoranz mancher Mitmenschen die, trotz Anordnung der Regierung, einfach den gebotenen Abstand zum Gegenüber nicht einhalten mochten. Masken hatte zu diesem Zeitpunkt, mangels Vorschrift, noch niemand auf. Man wurde sofort böse angegiftet, wenn man bat, doch bitte den Abstand einzuhalten. Andere wieder reagierten übertrieben, ließen gleich vier Meter Abstand an der Kasse des Supermarktes zum Vordermann. Einmal passierte es mir, dass ich mich da dazwischen stellte, im Glauben, die andere Dame stünde noch nicht an, weil sie noch suchend neben einem Regal weilte. Ich wurde angefaucht.

Ich erlebte eine aggressive Grundstimmung in der Bevölkerung. Die Menschen waren überfordert. Und sie wehrten sich, individuell unterschiedlich, gegen diese neue Bedrohung und versuchten, sich zu schützen oder die Sachlage zu negieren beziehungsweise zu verdrängen.

Ich kenne einige Ältere, die sich komplett zurückzogen – sozusagen freiwillige Isolation. Sie hatten Menschen, die für sie zum Einkaufen gingen, sie versorgten, und lebten allein; verließen ihre Wohnung überhaupt nicht. Ich persönlich halte das für alles andere als gesund. Der Mensch braucht Bewegung und frische Luft. Ich möchte nicht wissen, wie Stoffwechselerkrankungen in dieser Zeit zunehmen. Etliche Menschen, mit denen ich ins Gespräch kam, berichteten von Gewichtszunahmen. Kein Wunder.

Der Großteil der Bevölkerung versuchte, sich anzupassen, die Gebote zu befolgen, die Regeln einzuhalten, zu funktionieren, so gut es ging, *damit das möglichst schnell vorübergehen möge* – nicht, weil wir das so toll fanden oder so obrigkeitshörig wären.

Dann gab es aber die oben genannte Gruppe, die wollte die Beschränkungen des Alltags partout nicht hinnehmen. Sie wollten ihre Freiheit, skandierten sie bei Protestmärschen *Ich will die Frei-*

heit, mich zu infizieren stand auf einem Plakat zu lesen, was mich zum Schmunzeln brachte, hatte doch offenbar diese Person keine Ahnung, was sie sich da Gefährliches antun wollte. Auf einem anderen Plakat stand: *Nein zu Corona* ... Ja, das finde ich auch, auch wenn's sehr naiv ist, nur fragt uns dieses Virus leider nicht um Erlaubnis, es ist einfach da und versucht, in unsere Körper, in unsere Zellen, ja sogar in den Zellkern einzudringen, ihn zum eigenen Nutzen umzuprogrammieren, damit er Viren-Kinder produziert, wie sich alle Viren reproduzieren, um die eigene Art zu vermehren und zu überleben – ein Naturprinzip.

Die Corona-Verweigerer hetzten im Netz, posteten absurdes Zeug von Verschwörungstheorien in den sozialen Netzwerken, wie zum Beispiel, dass Bill Gates, ein Milliardär aus den USA, die Weltherrschaft erreichen wolle, indem er uns zuerst eine Impfpflicht aufbürdet, mit der dann gleichzeitig ein Chip in den Körper appliziert wird, mit dessen Hilfe er die Menschheit dann komplett kontrollieren kann. Wenn es nicht so ernst wäre, müsste man lachen. Das mutet wie Science-Fiction an. So ein absurdes Zeug ... Bei einer Talk-Show von Markus Lanz erfuhr man dann Ende September, um was für eine Gruppe es sich da handelt, die sowas in die Welt setzt: QAnon. Sehr dubios. Wobei sich sofort die Frage stellt, wer einen Nutzen von der Verbreitung dieser Verschwörungstheorien hat. Es soll von einem Teenager ausgegangen sein und die Anhängerschaft dieser Gruppe wird erstaunlicherweise immer größer, auch in Deutschland.

Meines Erachtens ist dieses Verhalten der Angst geschuldet, dem Unvermögen, der geradezu verzweifelten Abwehr, sich mit der Situation abfinden zu müssen. Da wird verbal im Netz oder radikal auf der Straße gekämpft, einträchtig neben Rechtsradikalen, Nazis, AfDlern, Esoterikern, Impfgegnern, Maskengegnern, Coronaverleugnern, besagten Verschwörungstheoretikern, die ideologisch eigentlich alle nichts gemein haben. Es wird skandiert, verleumdet, beleidigt, teilweise sogar randaliert, Hass geschürt ... was erheblich unter die Gürtellinie geht. Virologe oder Politiker möchte ich zur Zeit wirklich nicht sein. Man wirft immerhin 80 Prozent der Bevölkerung Gutgläubigkeit und Naivität gegenüber dem Rechtsstaat und Institutionen wie WHO, RKI usw. vor. Und gleichzeitig nehmen die anderen 20 Prozent obskure Aussagen wie obige ernst, im Glauben, sie alleine würden die absolute Wahrheit kennen. Da fragt man sich: Welche Aussagen sind glaubwürdiger? Man stürzte sich auf die Bundeskanzlerin und auch auf den bayerischen Ministerpräsidenten, der eine gute Figur machte in der Krise, was diesem Bevölkerungsteil von rund 20 Prozent gar nicht in den Kram passte.

Alle, die wieder einmal so richtig schön protestieren oder randalieren wollen, ergreifen die Gelegenheit und hängen sich an die Anti-Corona-Kampagnen dran. Beweisende Videoaufnahmen von katastrophalen Zuständen im europäischen Ausland wurden als gefälscht hingestellt, zunächst die Gefährlichkeit, später sogar die bloße Existenz des neuartigen Coronavirus infrage gestellt.

Als äußerst bedenklich erlebte ich Forderungen von Menschengruppen unter 60, die Alten ab 65 sollten doch isoliert werden, damit sie, die Jungen, tun könnten, was sie wollten, sie seien ja nicht gefährdet und wollten auf die Alten keine Rücksicht nehmen. Und als Rechtfertigung für ihre ungeheuerliche Forderung führten sie die erheblichen wirtschaftlichen Verwerfungen an. *Soll denn wegen der Alten alles zugrunde gehen*? lautete der aggressive, ja unmenschliche Tenor. Dass *die Alten* dieses unser Land mit ihrer Kraft und ihrem Know-how aufgebaut, es zu einer weltweit anerkannten Wirtschaftsmacht geformt und es zu Wohlstand und Prosperität geführt haben, wird da geflissentlich ignoriert.

Ungläubig beziehungsweise erschüttert verfolgte ich die Berichte über diese Auswüchse an Meinung, Aggression und nicht zuletzt Egoismus und Herzlosigkeit dieser Bevölkerungsgruppe. Ich fragte mich: *Geht dieses Virus vielleicht auch aufs Gehirn?* Dass es aufs Nervensystem geht, war ja bereits bekannt (Geruchs- und Geschmacksverlust, Kopf- und Gliederschmerzen). Vorgreifend: Ende August zeigte *Report*/ARD einen Herrn, dessen Kleinhirn im Zuge seiner Covid-19-Infektion befallen wurde – massive motorische Ausfälle und Sprachstörungen sind mögliche Spätfolgen. Er ist jetzt ein totaler Pflegefall und muss alles neu lernen (Sprechen, Gehen usw.). So harmlos, wie teilweise immer behauptet wird, ist *Covid-19* also keinesfalls.

Erhebliche Widerstände, Ärger und auch Ängste kamen aber nun auch in mir auf. Was wäre, wenn sich diese Gruppe durchsetzte und wir, die Älteren ab 60, gezwungen würden, unser Dasein in Isolation zu fristen? Ich bin 67 – topfit, jogge täglich und gehe nicht am Krückstock, sondern auf High Heels. Ich stehe auch noch mitten im Leben und zähle nicht zum alten Eisen … Wut kochte in mir hoch, das muss ich ehrlich zugeben.

Eine Freundin von mir, 56 und Raucherin, gehört zu dieser Gruppierung – Streit zeichnete sich ab zwischen uns, alte Freundinnen seit Jahrzehnten. Auf einmal verstanden wir uns nicht mehr, die Freundschaft steht auf der Kippe …

Einen Teil Verantwortung für dieses Dilemma haben leider auch die Medien die, immer wenn das Thema besprochen wird, dass Ältere ab 60 die gefährdetste Zielgruppe für schwere bis tödliche Verlaufsformen dieser Covid-19-Erkrankung seien, dann gleichzeitig Bilder aus Altenheimen zeigen, mit Greisen am Rollator oder gar im Bett dahinsiechenden Pflegefällen. Dass es sich dabei eher um 80–95-Jährige handelt und nicht um *junge* Alte ab 60, die großteils ja sogar noch im Berufsleben stehen, wird damit nicht assoziiert. Genauso wird öfter in den Medien darüber gesprochen, dass Menschen jetzt einsam und isoliert sind, besonders Alte und Alleinlebende – und wieder werden Greise in den Heimen gezeigt. Die sind aber gar nicht so einsam und allein schon gar nicht, sind sie doch von Menschen und Helfern umgeben und werden versorgt. Nur ihre familiären Besuche fielen während des Lockdowns weg – zugegeben, das war hart für die Beteiligten. Wieder wird hier die Gruppe der jungen Alten, die nicht mehr berufstätig sind, jedoch noch nicht so alt, dass sie Pflegefälle wären, außen vor gelassen. Ich hatte und habe das Gefühl, in der Gesellschaft gar nicht mehr vorzukommen, ja, vergessen worden zu sein. Denn über Familien und Berufstätige und deren Problemen im Homeoffice bei gleichzeitiger Kinderbetreuung wurde dauernd berichtet, im Netz nichts als Wehklagen. Das war in der Tat eine schwierige Herausforderung für sie, keine Frage, aber wir, die 60-Jährigen plus, sind zwar alt genug, dass man uns aus Bequemlichkeit gern wegsperren würde, aber zum Steuerzahlen sind wir noch gut genug. So schaut's aus.

Es zeichnete sich eine gewaltige emotionale Spaltung im Lande ab. Aufklärung und Ablenkung erfuhr man während des Lockdowns (und bis heute) durch tägliche Dokumentationen, Nachrichten und Talkrunden zu diesem Thema. Hier wurde so manches erklärt, gerade gerückt, diskutiert, relativiert.

Die Talkrunden von Markus Lanz fand ich besonders erhellend, aufklärend und auch beruhigend, spielen doch in diesem Format auch immer menschliche Aspekte und Überlegungen eine Rolle. Man kann sich hier finden – eigene Sorgen und Ängste werden hier direkt reflektiert und von den verschiedensten Aspekten und allen Seiten von Fachleuten, Wissenschaftlern, Reportern durchleuchtet. Und was nicht klar wird, spricht der Moderator dezidiert an.

Ein besonderer Aufreger war die Auffassung eines Grünen, Boris Palmer, Bürgermeister der Stadt Tübingen, der früher schon durch extravagante Ansichten auffällig wurde. Er klinkte sich offenbar in die öffentliche Diskussion, auf der Suche nach Möglichkeit der Bewältigung der erheblichen wirtschaftlichen Verwerfungen im Lande und dem Schutz der durch *Covid-19* besonders gefährdeten Menschengruppe, dergestalt ein, dass er wörtlich vorschlug, diese komplett zu isolieren in einer Art *Fort Knox*, so was wie ein Hochsicherheitstrakt, um sie damit zu schützen, damit alle anderen tun und lassen und arbeiten können was und wie sie wollen und die Wirtschaft somit am Laufen bliebe.

Markus Lanz konnte das gar nicht glauben, lud ihn per Videoschalte zur Talkrunde ein, um ihm Gelegenheit zu geben, zu sagen, was er mit seinen Äußerungen tatsächlich gemeint habe. Doch er erklärte seinen Standpunkt wie folgt. Zitat: *»Wir retten hier Menschen, die ohnehin nur noch ein halbes Jahr zu leben haben, und andererseits sterben in der Welt Kinder, denen wir helfen könnten, würden wir nicht absichtlich unsere Wirtschaft gegen die Wand fahren ...«* Auf Nachfragen von Markus Lanz, wie er sich das vorstelle, erklärte er: *»Wir isolieren alle Alten und Vorerkrankten, also*

Gefährdete, in einer Art Fort Knox (also keiner raus, keiner rein, ergänzte M. Lanz)*, zu deren Schutz.* Sie würden mit dem Taxi zum Einkaufen gefahren, in einer bestimmten, nur für sie reservierten Zeit im Supermarkt, damit sie mit anderen Altersgruppen nicht in Berührung kämen. Seinen Eltern müsse er halt erklären, dass sie ihn und die Elternkinder eben nicht mehr persönlich sehen könnten, zu ihrem eigenen Schutze isoliert bleiben müssten, man könne ja noch miteinander telefonieren. Aber Teilhabe am normalen Leben wie Konzertbesuche, Essen oder ins Café gehen, shoppen usw. könne so nicht mehr stattfinden, Kinder und Enkelkinder könnten auf diese Weise nicht mehr Oma und Opa besuchen, war Markus Lanz sinngemäße Schlussfolgerung, das wäre eine *als Fürsorge getarnte Niedertracht* ... Das schlug ein, das habe ich mir gemerkt. Recht hat er – treffend formuliert.

Karl Lauterbach von der SPD, Epidemiologe, der auch in dieser Runde saß, widersprach B. Palmer vehement und sagte, es würde sich um 20 Millionen Menschen handeln, deren komplette Isolation wäre schon aus diesem Grunde überhaupt nicht möglich, von der Unmenschlichkeit so einer Aktion ganz zu schweigen. Eine ziemlich spannende Diskussion war das.

Und diese Diskussion führte ich dann am nächsten Tag mit meiner 56-jährigen Freundin weiter. Darum weiß ich auch genau, was in dieser Bevölkerungsgruppe für eine Meinung vorherrscht: Die Protestierenden gehen auf die Straße für ihre Freiheit. Sie möchten zugunsten der Alten und Risikogruppen nicht verzichten, denen sie jedoch ebendiese Freiheit ganz selbstverständlich und vorbehaltlos vorenthalten wollen! So ist das. Egoismus hoch drei. Sehr *sozial*. Und diese Menschen bedenken nicht, dass zur Risikogruppe auch alle jüngeren Vorerkrankten gehören, mit zum Beispiel Stoffwechselerkrankungen wie Diabetes, Adipositas, metabolisches Syndrom, die Raucher und Alkoholiker, Drogensüchtige … Das sind dann viele, sehr viele …

B. Palmer hat sich mit dieser Haltung keinen Gefallen getan, die Empörung in den Medien und im Netz war groß, sogar in seinen eigenen Reihen. Die Grünen distanzierten sich von ihm. Sie könnten ihn nicht aus der Partei werfen, würden ihn aber nicht mehr unterstützen. Er hielt übrigens auch im August noch an dieser Haltung fest, behauptet aber, in Teilen missverstanden worden zu sein. Er habe nie beabsichtigt, das Leben unserer Hochbetagten gegen das der Kinder in der Welt aufwiegen zu wollen.

Meines Erachtens ist diese ganze Diskussion der Verzweiflung geschuldet, dieser extrem schwierigen Situation Herr zu werden. Und so was kommt dabei raus. Jeder sucht händeringend nach Lösungen. Bücher werden geschrieben, beispielsweise das von S. Bhakdi, wo im Prinzip alle von der Regierung ergriffenen und von den Virologen initiierten Lösungsansätze für falsch erklärt werden. Ich hab das genau gelesen. Einen einzigen Satz bietet er als Lösung an, ich zitiere sinngemäß: *Die Alten und Gefährdeten müssen isoliert werden.* Punkt. Aha. Nicht wie, was, wen genau, nichts weiter. Als etwas dürftig habe ich das empfunden, für einen Lösungsansatz derartiger Tragweite.

Beachtlich ist aber schon, dass mit all diesen Diskussionen, Posts und Büchern zu diesem Thema dem Gedankengut, die Alten mögen sich doch bitte aus Rücksicht auf die Jungen wegsperren lassen, Vorschub geleistet wird. Dabei stößt das praktisch sofort an massive Grenzen, finden doch die stärksten Ausbrüche gerade in Pflege- und Seniorenheimen statt, und zwar deswegen, weil Versorgung nun mal von außen stattfindet und das Pflegepersonal ein und aus geht, weil es da ja nicht wohnt, und auf diesem Wege das Virus von außen in die Heime einträgt. Und das auch, wenn Besuche von Angehörigen der Insassen untersagt sind.

Trotzdem sind viele der Insassen massiv erkrankt, viele gestorben. Das ist einer der Haken an dieser ganzen Isolierungsthese.

In einer anderen Talkrunde von Markus Lanz war auch der FDP-Politiker Wolfgang Kubicki zu Gast. Da ging es vergleichsweise erheiternd zu, begrüßte Markus Lanz ihn doch mit den Worten: *»Nun haben wir endlich einmal jemanden aus der gefährdeten Altersgruppe zu Gast.«* Alle lachten. Wolfgang K. knurrte. Er schien das nicht lustig zu finden und seine Äußerungen zeigten, dass er sich mit der Gesamtsituation in Deutschland sichtlich unwohl fühlte. Deutlich merkte man ihm seine erheblichen Widerstände an. Jemand erklärte, dass Großveranstaltungen eine der erheblichsten Gefahren darstellten, weil das Virus sich dort so leicht verbreiten könne, deshalb wurden ja bundesweit alle abgesagt, Konzerte, Events, Messen, Fußballspiele usw. W. Kubicki fragte: *»Wollen Sie damit sagen, dass wir nie mehr einen Parteitag abhalten können?«* Lanz antwortete launig: *»Parteitage von der FDP sind ohnehin keine Großveranstaltung.«* Alle amüsierte sich köstlich über diese Bemerkung, W. Kubicki verzog das Gesicht und knurrte schon wieder. Endlich mal was zum Lachen. Ich wusste gar nicht, dass Markus Lanz so einen trockenen Humor hat.

Ansonsten hielt sich das Amüsement der täglichen Berichterstattungen in Grenzen. Die Meinungsverschiedenheiten in der Bevölkerung verhärteten sich. Die meisten unterstützten die Regierung und ihre Maßnahmen, hielten sie für vernünftig, doch die besagten rund 20 Prozent wehrten sich vehement, verunglimpften Politiker und ihre Entscheidungen, versuchten immer wieder *Covid-19* auf eine normale Grippe zu reduzieren oder gar zu negieren und bezeichneten die Reaktionen der Regierung und der Ministerpräsidenten der einzelnen Länder, die ja zu entscheiden hatten, als völlig übertrieben, überzogen, unverhältnismäßig.

Der Streit zog und zieht sich, wie oben schon erwähnt, bis in die persönlichen Ebenen, natürlich auch in die sozialen Netzwerke. Angriff, Verteidigung und Zurückschlagen ist da die Devise. Die Demonstrationen gingen mit Randale weiter, häufig mit 20–30.000 Teilnehmern, meist ohne Rücksicht auf Abstands- und Hygieneregeln. Das gefährdete den Erfolg der Eindämmungsmaßnahmen insgesamt.

Mich ärgerte das gewaltig. Ich habe auch nicht Lust, ewig so weiterzumachen. Ich will, dass es aufhört, ich will auch in mein altes Leben zurück!

Kapitel XIII

Das Industriezeitalter

Das Geschehen gibt Anlass, über die Gesamtsituation, in der sich die Welt befindet, ihre Errungenschaften, über Möglichkeiten aber auch Grenzen zu reflektieren.

Die Menschheit hat so viel erreicht. Zunächst war da das Zeitalter der Moderne mit seinem immensen technologischen Fortschritt. Bahnbrechende Erfindungen wie Elektrizität, Telefon, Fortbewegungsmittel wie Fahrrad, Eisenbahn, Auto, großartiger Maschinenbau und Flugzeuge bis hin zu Raumfahrt folgten. Penicillin wurde gefunden, das schwere bakterielle Infektionen wie Tuberkulose, Syphilis, Pest, Cholera, Milzbrand und vieles andere mehr therapierbar machte.

Die Phase der Erfindung aller möglichen chemisch definierten Medikamente begann, die voller Euphorie, nahezu gedankenlos den Bürgern zugänglich gemacht wurden, wie Schlafmittel, Aufputschmittel, mannigfache Antibiotika, Schmerzmittel … Man erinnere sich an *Contergan* und die vielen verstümmelten Babys, die geboren wurden, von Müttern, denen man das in der Schwangerschaft einfach verschrieben hatte. Dazu Psychopharmaka, Tranquilizer und nicht zuletzt Cortison, das als Allheilmittel gegen jegliche Entzündungen und auch Allergien eingesetzt wird. Prominente wie Elvis Presley, Marilyn Monroe, Johnny Cash oder Romy Schneider zerstörten sich und ihre Gesundheit durch zügellosen Konsum von Schlaf- und Aufputsch-Mitteln, vergesellschaftet mit Alkohol, Zigaretten und Drogen. – Die Kehrseite der Medaille moderner Errungenschaften wurde sichtbar und muss einem kritischen Blick auf das System Raum geben.

Die Atomenergie wurde entdeckt mit ihrer unglaublichen Zerstörungskraft aber auch deren Kapazität zur Energieerzeugung, hinreichend genutzt in Form von Kernkraftwerken, die in allen Industrieländern der Welt eifrig gebaut wurden. Über das radioaktive Gefahrenpotenzial für Mensch und Umwelt und das Abfallproblem mochten zu dieser Zeit offenbar die Verantwortlichen nicht nachdenken. Demonstrationen von Grünen verpufften genauso, wie mahnende Stimmen von Fachleuten.

Beton als Baumaterial, der heutzutage wieder aufwendig saniert werden muss, und Kunststoffe wurden erfunden. Diese in vielfältigster Art und Weise, was dazu führt, dass Entsorgungsprobleme bereits vorprogrammiert sind. Wie verantwortungslos und kurzsichtig das ist, zeigt der heutzutage im Pazifik schwimmende *Kontinent* von schwimmendem Plastikmüll von der Größe Europas.

Man entdeckte, dass man die Gier der Menschen nach Fleisch mit Massentierhaltung decken kann, wobei Tiere auf engstem Raum ein- oder zusammengepfercht gemästet werden, ein qualvolles Leben führen müssen, um möglichst billig und viel Fleisch zu liefern. Als wäre das nicht genug, werden dann diese armen Tiere, wie in Dokumentarfilmen gezeigt wird, bis zu ihrem qualvollen Tod grob und herzlos behandelt. Ich sah in einem Dokumentarfilm, dass ein Rind, das von der Laderampe ins Meer gefallen war, an einem Bein mit einer Kette befestigt, unter schmerzerfülltem Schreien, hochgezogen und aufs Schiff geschafft wurde. Tierquälerei pur. Das qualvolle, laute Brüllen der gequälten Kreaturen klingt in meinen Ohren und treibt mir Tränen in die Augen. Geflügelmastanstalten, wo Tiere auf engstem Raum lebend, gemästet werden, sich gegenseitig blutig picken, weil sie es nicht mehr ertragen können, Enten in Mästereien in riesigen Hallen, die sich verzweifelt auf den Rücken werfen, rhythmisch in die Luft tretend, weil sie das Bedürfnis haben, schwimmen und sich bewegen zu wollen, Schweine, auf engstem Raum eingepfercht und so gezüchtet, dass sie fast nicht mehr stehen können, weil sie so überdimensionierte Oberschenkel haben (die viel Schinken liefern) ... Kälbchen, von denen durch die Milchwirtschaft zu viele anfallen, qualvoll irgendwohin gekarrt, um zu Ramschpreisen verkauft zu werden ... Die Liste dessen, was der Mensch den Tieren antut, ist sehr lang. Aber das sind doch Lebewesen, sie erleiden Schmerzen, haben Gefühl ... Wenn die Menschheit das alles büßen muss – oder büßt sie schon und merkt es nicht?

Aber der Verbraucher sieht weg. Man will grillen und das möglichst zu Dumpingpreisen erstandene, bereits vorher mit billigem Öl, künstlichen Aromen und Geschmacksverstärkern eingelegte Fleisch verzehren ... Guten Appetit.

Man darf an dieser Stelle nicht vergessen, dass das *chemische Zeitalter* auch noch Tausende von Chemikalien hervorbrachte wie Insektizide, Pestizide, Wachstumshemmer, künstliche Dünger usw., um den Ertrag von Obst und Gemüse zu optimieren, teils hoch toxisch, die Folge sind mannigfache, indifferente Gesundheitsstörungen von Mensch und Tier. – Umweltmediziner können ein Lied davon singen. Viele dieser toxischen Stoffe wurden in Deutschland wieder verboten, werden aber aus Profitgründen weiterproduziert, in ferne Länder geliefert, dort in die Natur ausgebracht und über den globalisierten Handel erreichen uns dann diese Gifte wieder. Was für ein morbider Kreislauf.

Nicht zufällig nehmen in dieser Entwicklungsphase der Menschheit multiple Allergien, sogenannte *Multiple Chemical Syndrome*, schwere Nervenerkrankungen wie *Morbus Parkinson* und *Alzheimer* sowie Krebserkrankungen, die bis heute nicht wirklich effizient therapierbar sind, dramatisch zu.

Die Menschheit mag sich offenbar generell bei neuen Erfindungen, die Profit versprechen, über deren Folgen wie Strahlung, Abfall oder, im Falle von Nebenwirkungen, allopathische Medikamente keine Gedanken machen. Das ist ja chronologisch weit weg, was haben wir damit zu tun, sollen doch kommende Generationen diese Probleme lösen. Jetzt winkt erst einmal Profit, und zwar in Milliardenhöhe. Zur Zeit werden Elektroantriebe von Autos immens propagiert und gefördert. Was ist eigentlich mit den Rohstoffen – seltene Erden – die für die Herstellung der vielen Batterien benötigt werden (und für deren Gewinnung bitterarme Menschen und auch Kinder ihre Gesundheit opfern)? Und was ist eigentlich mit den dereinst kaputten Batterien, die es dann massenweise geben wird? Denkt da wer darüber nach? Wenn ja – mir, als Bürgerin, ist nicht viel darüber zu Ohren gekommen. Hans Werner Sinn hat eine Studie herausgebracht, die belegt, dass die CO_2-Bilanz dieser E-Antriebe gar nicht gut ist ... Markus Lanz führte eine heftige Debatte mit ihm, weil er alte Zahlen in seiner Studie benutzte. H. W. Sinns Argument war, dass die Zahlen der gegenübergestellten Verbrenner ebenfalls nicht aktuell waren und somit würde der Vergleich wieder stimmen.

Und nun kommt *Covid-19* und bringt viele Missstände in das Bewusstsein der Öffentlickeit. Systemische Schwachpunkte kommen ans Licht, weil beispielsweise Menschen, die zu Billiglöhnen arbeiten und auf engem Raum unter unwürdigen Umständen leben, offenbar anfälliger für Ansteckungen durch dieses Virus sind. Diese Leute zwingt natürlich niemand, so zu arbeiten und zu leben, aber sie verdienen in Deutschland trotz Dumpinglöhnen immer noch ein Vielfaches von dem, was sie zu Hause verdienen würden.

Jetzt ist man gezwungen, hinzusehen. Die Chance liegt darin, dass jetzt etwas geändert werden *muss*. – Weil's anders nicht mehr geht ...

Schon bemerkenswert.

Kapitel XIV

Das Zeitalter der künstlichen Intelligenz

Die Computertechnologie schreitet rasant voran. Schon spricht man von künstlicher Intelligenz (KI), Robotern, Androiden, Algorithmen. Bürgernahe Aufklärung wird in Sendungen wie der von Harald Lesch betrieben, der interessierten Zusehern, in volksnaher Sprache, die Früchte der modernen Forschung offeriert. In Talksendungen wird über wissenschaftliche Erkenntnisse und Möglichkeiten, aber auch bereits wieder über Gefahren dieser Technologien diskutiert, wie Totalüberwachung des Staates über seine Bürger durch Algorithmen, Roboter, die dereinst (oder bereits?) Die Intelligenz ihrer Schöpfer überflügeln und sich unkontrollierbar verselbstständigen könnten.

Ich erinnere da diverse Science-Fiction-Filme, wo solche Szenarien beschrieben und von Zuschauern als Horror und völlig unrealistisch empfunden wurden. Und nun sind wir da näher dran, als jemals für möglich gehalten.

Ranga Yogeshwar berichtete bei Markus Lanz hoch interessant über mannigfache und sehr bedenkliche Kontroll- und Manipulationsmöglichkeiten durch Algorithmen über eine Bevölkerung, hier zum Beispiel das kommunistische regierte China. Er erzählte Folgendes: Wenn der Bürger die Regeln befolgt, wird er belohnt, wenn nicht, bestraft. Nicht mit der Knute oder Inhaftierung, sondern viel subtiler, nämlich über die Gewährung oder Ablehnung bestimmter Ersuchen oder Vorteile. Und es geht da bereits um Kleinstvergehen, wie das Überschreiten einer roten Fußgängerampel. Die totale Überwachung via Kameras, die überall montiert sind und alles und jeden aufzeichnen. Der Einzelne wird über digitale Gesichtserkennung usw. erkannt und seine Verhaltensmuster abgespeichert. Bei Fehlverhalten wird zum Beispiel ein Kredit nicht gewährt, ein Studiengang oder eine geplante Reise verweigert usw. Bei Wohlverhalten winkt die schnellere Beförderung oder die Zuteilung einer attraktiveren Wohnung, um nur einige Beispiele zu nennen.

In der westlichen Welt, wo nicht Diktatur, sondern Demokratie das gesellschaftliche und wirtschaftliche Geschehen bestimmt, wird wenigstens über Konsequenzen derartiger Kontrollmechanismen nachgedacht – immerhin. Der Bürger hat die Hoffnung, *die werden schon so klug sein aufzupassen, dass nicht Algorithmen die Kontrolle über das Land übernehmen oder gar einen Weltkrieg anzetteln.*

Erwähnt werden muss noch die moderne, äußerst fortschrittliche Gentechnik. Hier ist in jüngster Zeit viel erreicht worden – wie oben bereits erwähnt.

Kapitel XV

Ist die Büchse der Pandora geöffnet?

Bei all diesen unglaublichen Errungenschaften der modernen Wissenschaft werden uns in drastischer Art und Weise derzeit jedoch unsere Grenzen aufgezeigt, denn man ist nicht in der Lage, eines Virus Herr zu werden – unerhört ansteckend, sehr virulent, tückisch, verursacht es doch entweder keine oder vielfältigste Symptome und die Infektion verläuft über das ganze Spektrum von harmlos bis tödlich. Es gibt uns rundum Rätsel auf.

Diejenigen, die so einen Infekt überstehen, klagen zum Beispiel danach teilweise über Kurzatmigkeit, Haarausfall, verringerte Leistungsfähigkeit, Lungenschäden, neurologische Störungen – es kommen immer mehr Symptome durch die Erfahrung der letzten Monate dazu. Die Direktorin einer Reha-Klinik berichtete hierüber als Gast von mehreren Talk-Runden eindrucksvoll. Sie erklärte auch, dass viele Menschen als genesen bezeichnet würden, die das überhaupt nicht sind. Sie leiden sehr unter den Spätfolgen von *Covid-19* und sind nicht arbeitsfähig. Der staunende Zuschauer erfährt nun den Begriff einer neuen Krankheit: *Post-Covid-Syndrom*.

Dirk Steffens erklärte bei Markus Lanz, dass der Raubbau des Menschen an der Natur, sein Vordringen in Wildgebiete, das Abholzen von Wäldern es erst ermöglicht, dass der Mensch überhaupt in Kontakt kommt mit Erregern, die eigentlich nur Tiere befallen (sog. *Zoonosen*). Bisher in absoluten Wildgebieten vorkommende Arten von Tieren kommen durch Urbarmachung/Rodung nunmehr in menschliche Nähe und gelangen in dessen Nahrungskreisläufe und somit sei die Übertragung von Tier auf Mensch möglich.

Das kann durchaus sein. Wenn dem so wäre, könnten die derzeitigen Vorgänge ein biologisches Korrektiv der Natur sein (und nicht ein Laborunfall in Wuhan). Unsere profitinduzierte Zerstörungswut und massive Eingriffe in die Natur sind hemmungslos und jetzt haben wir unter Umständen dadurch ein Virus freigesetzt, das uns dezimiert und ruiniert und uns zwingt, uns zurückzunehmen – die Büchse der Pandora ist geöffnet – das haben wir jetzt davon … Von dieser Warte aus könnte man das tatsächlich betrachten.

Als gewöhnlicher Bürger muss man entsetzt erfahren, dass ungeheuerlicherweise immer wieder irgend ein Machthaber auf die Idee kommt, seine vermeintlichen Widersacher mit biologischen

Kampfstoffen niederzumachen. Und dazu wird allerorten geforscht! Was ist so etwas nur für eine morbide, engstirnige, bösartige Idee? Man führe sich das einmal vor Augen: So ein Angriff würde die gesamte Bevölkerung eines Landes treffen. Biologische Waffen zerstören Menschen, Tiere, vielleicht auch die Vegetation, aber gewiss nicht Maschinen, Fabriken oder Kampfgerät, was angemessener wäre, wenn man schon glaubt, eine andere Nation bekriegen zu müssen.

Ich hätte da einen Vorschlag: Sollen das doch die sich streitenden Machthaber diverser Nationen unter sich ausmachen, vielleicht im Nahkampf, wenn sie nicht fähig sind, sich verbal und mit der gebotenen Diplomatie zu verständigen, und die Bevölkerung der jeweiligen Länder in Ruhe lassen!

Auch das ist eine Überlegung wert. Und wenn die Menschheit es nicht schafft, sich über Kriege zu dezimieren, sondern das Ökosystem des ganzen Planeten zerstört, dann vielleicht über so ein Virus ...

Jetzt also steht die gesamte Weltbevölkerung, alle Nationen, hilflos einem Mikroorganismus gegenüber, der die Weltwirtschaft und alles andere zunichtemachen kann! Momentan sind wir mit unserer Weisheit am Ende. Die Forschung arbeitet fieberhaft an einem Medikament oder einem Impfstoff, der wohl die Rettung sein könnte. Wieder ein positiver Aspekt dieser Situation: Plötzlich ziehen alle an einem Strang, auf einmal können sie einmütig zusammenarbeiten.

Aber die Raffgier lässt nicht los. Donald Trump hat versucht, sich in einer deutschen Firma, die an einem erfolgversprechenden Impfstoff arbeitet, einzukaufen, um zu erreichen, dass dieser Impfstoff alleine den USA zugänglich wird. Die anderen sollen dann schauen, wo sie bleiben. Wie unethisch, ja unsozial. Wir in Bayern sagen zu so was *hinterfotzig*. Dass er aber mit der Welt Handel treibt und seine Wirtschaft auch vom Welthandel abhängt, der bei totaler Eskalation der Situation dann zusammenbräche und damit seiner eigenen Wirtschaft auch erheblich schaden würde, so weit hat der feine Herr offenbar nicht gedacht … Amerika first!

Technisch fortschrittliche Länder haben bereits eine App entwickelt die, auf ein Smartphone heruntergeladen, seinen Träger warnt, wäre er mit einem Infizierten in Kontakt gekommen. Ich halte so etwas für zielführender, als die gesamte Bevölkerung in ihren Wohnungen einzusperren. Mir wäre das lieber. Aber es gibt bereits wieder viele Kritiker und Gegenstimmen – Datenschutzbedenken. In Teilen ist dieser in praxi doch ohnehin eine Farce, denn welche Daten alleine über das Benutzen und Tragen eines Smartphones bereits abgegriffen werden, möchte ich gar nicht wissen. Der FDP-Politiker Lindner formulierte es treffend: Das Virus wird mit mittelalterlichen Methoden bekämpft, die das sind: Abstand, Händewaschen, während langer Zeit nicht einmal Schutzmasken, bis hin zu Isolation, Quarantäne bei erfolgter Infizierung. Währenddessen der Einsatz einer warnenden App argumentativ schon wieder zerpflückt, zerredet und niedergemacht wird.

Und die Seuche greift um sich.

Seit Mitte Juni 2020 haben wir Deutsche endlich auch so eine App, wie schon erwähnt: Die meisten lehnen sie von vornherein ab, war doch negative Propaganda zuvor zu groß, was sie dann leider ziemlich ineffektiv macht. 60 Prozent der Bevölkerung sollten sie nutzen, wurde berechnet, und die Daten dürfen auf keinen zentralen Server gespeichert werden. Dafür hat die Regierung viel Steuergeld ausgegeben beziehungsweise Schulden gemacht, denn jetzt gehts ja nur noch um milliardenfache Neuverschuldung.

Die Effizienz ist jedoch aus meiner Sicht leider ohnehin zu bezweifeln, warnt die App den Menschen doch angeblich erst, wenn er 15 Minuten in der Nähe eines Infizierten war. Der wiederum muss für die Ausgabe der Warnung seinen positiven Befund selber in die App eingegeben haben. Macht er das aus irgendeinem Grund nicht, findet keine Warnung statt. Das müssten also eigentlich Gesundheitsamt oder RKI initiieren, was sie aber aus Datenschutzgründen nicht dürfen. Davon abgesehen halte ich die 15 Minuten für überdenkenswert. Begegne ich jemandem, tausche mich kurz aus und der hustet mich in dieser Zeit an, was im Alltag nicht selten geschieht (oder ich bin ihm zu nahe, atme seine Atemluft ein und das Virus ist via Aerosolen darin enthalten!), steckt der mich in wenigen Minuten an. Das Gleiche gilt noch viel stärker beim Anstehen oder dem Benutzen des ÖPNV. Es wird zwar immer wieder gebeten, die Menschen mögen die Abstands- und Hygieneregeln einhalten, doch ich stelle im Alltag fest, dass viele Leute es einfach nicht machen. Kürzlich wurde ich beim Einkaufen von hinten bedrängt, ganz nah stellte sich die Damen zu mir. Ich ging weg, sie wieder her zu mir, fast Körperkontakt. Ich bat um Abstand und die Antwort war: »Ich will ja nur vorbei.« Dass man warten oder darum bitten könnte, vorbeigelassen zu werden, kam ihr nicht in den Sinn.

Ich habe einen Nachbarn beobachtet, wie er in der freien Natur mit der hochgezogenen Maske herumlief. Dann hat er sich mir angenähert, auf einen kleinen Plausch, und dabei hat er die Maske runtergezogen ... Es ist zum Lachen oder Weinen, je nachdem ... Humor ist vorteilhaft im Umgang mit den teilweise gedanken- beziehungsweise achtlosen Menschen in dieser Krise.

Meiner Wahrnehmung nach scheren sich häufig junge Menschen und ausländische Mitbewohner überhaupt nicht um die Seuche und einen vernünftigen Umgang mit ihr, nämlich die vorgegebenen Regeln einzuhalten. Sie stehen und sitzen eng zusammen, tragen keinen Mundschutz und tun so, als wüssten sie von nichts. Das ist sehr fatal, weil immer wieder in Asylantenheimen oder auf Spargel- oder Schlachthöfen, wo häufig ausländische Werktätige ihre Arbeit verrichten, Covid-19-Ausbrüche stattfinden. Mich wundert das nicht.

Es ist aus meiner bescheidenen Sicht eher nicht zu erwarten, dass ein durchschlagend wirksames Medikament gefunden werden kann, das nicht dermaßen schwere Nebenwirkungen hat, dass der Mensch dann *daran* erkrankt, wenn ihn denn das Virus nicht niedergerafft hat. Sonst wären ja andere virale Erkrankungen auch kein Problem. Sind sie aber.

Meine persönliche Hoffnung gilt demnach einer Impfung zum Schutze der Bevölkerung, weil uns schon mitgeteilt wurde, dass dieses Virus bleiben wird … was mir persönlich Angst macht. Was heißt *bleiben* … Von der Vogel- oder Schweinegrippe, SARS, MERS hört man bei uns seit Jahren auch nichts mehr. Ebola ist lokal beschränkt, eigentlich nur in Afrika aufgetreten und da hat es in letzter Zeit Berichte von Neuinfektionen gegeben. Jetzt wird das aber weder in den Nachrichten, noch in den Zeitungen kommuniziert. Diese Epidemien haben sich aufgelöst, abgebaut, die Erreger sind offenbar mutiert und/oder in ihrer Virulenz schwächer geworden. Jedenfalls bedroht uns das offenbar nicht mehr signifikant oder nachhaltig.

Und das soll bei SARS-CoV-2 anders sein? Warum?

Was wäre, könnte kein Impfstoff gefunden werden? Oder ein Impfstoff, der nicht nachhaltig wirkt? Schon erreichen den Bürger erste Meldungen von im März Infizierten, die im Juli bereits keine Antikörper mehr gegen *Covid-19* hatten. Das wäre aus meiner Sicht der Super-GAU. Würde wirklich keine nachhaltige Immunität nach Kontakt mit *Covid-19* entstehen, würden sich die Menschen immer wieder neu infizieren beziehungsweise müssten regelmäßig, wie bei der Grippe ständig neu geimpft werden. Die Theorie der gezielten Durchseuchung der Bevölkerung *und dann ist's gut* wäre damit vom Tisch.

Dann würde sich das Leben auf der ganzen Welt dramatisch verändern *müssen*. Massive Einschränkungen unserer Wohlstandsgesellschaft in den Industrienationen wären die Folge, von den Ländern, wo bittere Armut und Not vorherrscht ganz zu schweigen. Wenn die Industrienationen selbst nichts mehr haben, haben sie auch kein Geld mehr für Entwicklungshilfe oder sie helfen dann weniger.

Man mag gar nicht darüber nachdenken, was da auf uns zukommen könnte. Sich nie mehr völlig unbefangen mit anderen treffen können, ständiges Tragen von Mund-Nasen-Schutz in der Nähe von Menschen, das *Aus* von Großveranstaltungen jeglicher Art … Was ist mit Bars und Kneipen, wo naturgemäß die Gäste eng beieinanderstehen? Was ist mit zwischenmenschlichen Kontakten? Lernt man eine neue Person kennen, kann man sich dann unbefangen näher kommen? Was ist, wenn sie positiv wäre? Das erinnert an die Anfangszeit von AIDS, aber diesmal muss man für eine Infektion kein Blut austauschen, er genügt schon, sich anzuhauchen …

Laufend sprechen Politiker, Fachleute, Wissenschaftler davon, *dass sich alles nachhaltig ändern wird*, wir künftig *den Gürtel enger schnallen müssen.* – Was erwarten die? Wie meinen die das?

Wird uns da was verschwiegen, weil es zu bedrohlich ist? Das wirkt wie ein latent präsentes Bedrohungsszenario auf mich. Da wären mir so eine Warn-App und eine Impfung schon eindeutig das geringere Übel, dazu die Abstands- und Hygieneregeln einzuhalten, bis dereinst ein nachhaltig wirksamer Impfstoff gefunden wäre. Dies dürfte wohl der vernünftige und zumutbare, ja der Königsweg für jeden Einzelnen sein. – Das mögen aber viele nicht, zu unbequem, einschränkend. Corona- und Impfverweigerer haben sich in der Gesellschaft etabliert.

Nach einer Protest-Orgie in Berlin Anfang August, bei der 20.000 Menschen verschiedenster Richtungen sich zum Krawallmachen gegen die staatliche Ordnung einträchtig versammelt hatten, natürlich unter Missachtung der angesagten Abstand- und Hygiene-Regeln (neuerdings als AHA-Regeln betitelt), bezeichnete Saskia Esken diese als *Covidioten*. Ich bin keine Rote und keine Sympathisantin von ihr, aber da hat sie recht.

Nun könnte man sagen, lass sie doch machen, die Corona-Verweigerer, jedem seine Sache. Aber so einfach ist das nicht. Die Epidemie im Land kann nur durch das achtsame Vorgehen des überwiegenden Teils der Gesellschaft, der die Regeln befolgt, eingedämmt werden. Würden sich alle so ignorant, egoistisch und rücksichtslos zeigen, wie diese Demonstranten es vormachen, hätte es ganz andere Fallzahlen mit *Covid-19* und Todesfallraten gegeben, ähnlich wie in Bergamo, New York, Brasilien, Indien, Mexiko usw. Die *Verweigerer* möchten sich aus der Verantwortung stehlen, versuchen, so gut wie möglich die Anordnungen zu umgehen, sich weiterhin ein schönes Leben zu machen und ihrer Freiheit zügellos zu frönen, beschränken sollen sich die anderen.

Dies ist keine üble Nachrede, sondern eine objektiv beobachtbare Zustandsbeschreibung eines Teiles der Bevölkerung, der nach wie vor massiv gegen die schützenden Maßnahmen des Staates interveniert, wie ich es auch persönlich und objektiv in meinem Umfeld erlebe. Der Staat will angeblich nicht schützen, sondern manipulieren, bevormunden, den Bürger seiner Freiheit berauben. Appelle von Politikern an die Vernunft der Bevölkerung wirken nachgerade bedrückend, prallen diese doch an dieser Menschengruppe zur Gänze und vollständig ab. Sie haben diese nicht, stattdessen ein offenbar tief verwurzeltes Misstrauen und sind in Teilen leider auch noch dumm, wenn man sie agieren sieht, ihre Schilder liest, die sie bei Demos hochhalten, die vor Grammatikfehlern nur so strotzen, und ihre Argumente hört.

So sieht das aus.

Wir haben es hier mit einem abgespaltenen Teil der Gesellschaft zu tun, an dem Appelle an die Vernunft abprallen. Wo soll das hinführen?

Kapitel XVI

Spielt Gott Golf?

Mittlerweile ist es Frühsommer geworden, eine Hitzewelle, die wir sonst bereits immer im Mai hatten, ist heuer bisher in Bayern ausgeblieben. Gnädig – müssen wir doch alle Schutzmasken tragen, unter denen es bei warmen Temperaturen geradezu unerträglich stickig wird.

Bei meinem allabendlichen Spaziergang mit meinem Hund atme ich die frische würzige Luft genussvoll tief in meine Lungen ein. Die Linden mit ihren unscheinbaren Blüten verströmen ihren betörenden süßen Duft. Der Mais steht nun, dank des ausgiebigen Regens, der in unserer Region der Trockenheit im März/April gefolgt war, in Saft und Kraft, bereits über einen Meter hoch. Eine Amsel schmettert ihr wunderbares betörendes Lied in die Dämmerung. Ich lausche entzückt. Die Erde dreht sich weiter, eine Jahreszeit folgt der anderen, alles in der Natur geht seinen geregelten Gang – wenn der Mensch nicht versucht, einzugreifen …

Ich gehe auf meinem Weg versonnen weiter, der feine Schotter knirscht unter meinen Schuhen. Mein Mops läuft geschäftig vor mir her und erschnüffelt alle Informationen am Wegesrand. Ich betrachte noch einen Moment die bunte Wiese, wo schneeweiße Margeriten blühen, durchsetzt von Kräutern und zartblauen Glockenblümchen. Gedanken tauchen auf – fallen mir einfach zu –, diese Geschehnisse einmal von der philosophischen beziehungsweise religiösen Seite aus zu betrachten.

Wir leben hier in der polaren Welt von Gut und Böse, Positiv und Negativ, Innen/Außen usw. Demzufolge *muss* diese Pandemie auch ihr Positives haben. Dieser Blick erschließt sich einem jedoch sehr schwer, wenn man mitten im Schlamassel steckt. Zu diesem Thema habe ich oben schon einiges angeführt.

Aufgrund der lahmgelegten Wirtschaftsaktivitäten und des deshalb drastisch reduzierten Verkehrs, sowohl auf der Straße und in der Bahn als auch im Flugraum, verbessert sich die Luft, besonders bemerkenswert in Großstädten. Die Stadt Venedig meldet plötzlich klares Wasser in ihren Lagunen, die Natur beginnt, sich zu erholen. Die Erde bekommt eine Verschnaufpause.

Die Menschheit, mit all ihren Aktivitäten, ist ja total ausgebremst. Der Geschäftigkeit bis Hektik in den Industrie-Nationen ist sozusagen *Schockstarre* gefolgt. Dafür wird in den deutschen Küchen wieder mehr selber gekocht und Kinder lernen wieder Musikinstrumente zu spielen (hier hat sich wohl die Langeweile des überwiegend Zuhausebleibens während des Lockdowns positiv ausgewirkt).

Diverse Missstände des öffentlichen und wirtschaftlichen Lebens werden aufgedeckt, wie schon erwähnt. Aber das findet auch im persönlichen Bereich statt. Eigentlich halt- und glücklose Beziehungen werden jetzt, durch das vermehrte Zusammenleben im Lockdown, auf den Prüfstand gestellt. Ich las, dass sich viele Paare derzeit trennen. Leider erleben auch Frauen und Kinder nun öfter Gewalt im familiären Bereich. Das ist alles sehr bedenklich. Ich frage mich, was in Männern vorgeht, die ihre Frau vergewaltigen und um sich schlagen. Haben die zu viel Testosteron? Hat das schon mal wer geprüft? Gibt es da vielleicht irgendwelche umwelttoxischen Einflüsse? Man möchte aber meinen, dass jeder Mensch, denn auch Frauen werden zuweilen gewalttätig, durch sein Herz und seinen Verstand seine niederen Triebe kontrollieren können müsste – ist aber offensichtlich nicht so.

Eine philosophische Frage kommt mir in den Sinn: Es gibt viele Gläubige; Menschen, die an die Allmacht Gottes glauben. Was tut Gott eigentlich gerade in den Zeiten der Pandemie, wo es seinen *Kindern* so schlecht geht? Eine Phase von Um- und Einbruch, die so epochal ist, dass sie ihm nicht entgangen sein kann, wenn nicht gar er sie initiiert hat … Was denkt er sich, beabsichtigt er etwas? Oder ist er völlig unbeteiligt? Beobachtet er das Weltgeschehen – oder nicht? Ketzerisch gefragt: Gibt es IHN überhaupt?

Mir ist klar, solche Gedanken sind eine Herausforderung für die meisten Gemüter. Viele mit denen ich versuchte, darüber zu reden, lehnten eine Unterhaltung darüber lächelnd ab. *Nein, nein, Gott hat damit nichts zu tun ...* Aha. Warum nicht? Entweder gibt es ihn, oder nicht. Entweder ist er allmächtig, oder nicht …

Demnach haben diese Menschen also keinen oder zumindest einen falschen Glauben … oder? Gehen aber regelmäßig in die Kirche und die Christen legen ihr Glaubensbekenntnis im Gottesdienst ab.

Warum mischt Gott sich nicht ein, warum hilft er nicht? »Ja, weil Gott uns unsere Freiheit lässt«, hat mir eine sehr nette, sehr gläubige Dame erklärt (diese Freiheit ist offenbar sehr weit gesteckt).

Da kommen wir der Sache schon näher. Würde heißen: Gott hätte mit unserem Alltag nichts zu tun, wäre am Geschehen des Universums völlig unbeteiligt, frei nach dem Motto: *Ihr habt eure Freiheit und freien Willen gewollt und bekommen, euch nämlich der Idee meines schönsten Engels anzuschließen, euch nämlich von mir zu trennen, der Beginn der Polarität – bitte, jetzt seht zu, wie ihr damit zurechtkommt.* Da hätten wir also unseren *Salat.* Der *Salat der Polarität* – die Entstehung dieser grobstofflichen materiellen Welt, in der es Gut und Böse, Freud und Leid gibt, Gesundheit und Krankheit, Schicksal/Vorsehung … Wäre das so, wäre Beten völlig daneben, ja sinnlos … Es gäbe keinen, der zuhört.

Allerdings soll es den Heiligen Geist geben … und Engel, Schutzgeister – das Prinzip der Gnade. Es soll einem in höchster Not geholfen werden, wenn man um Hilfe bittet (ich persönlich und eine Freundin durften das schon erleben, darum *weiß* ich, dass es stimmt, siehe mein anderes Buch). Wer oder was allerdings? Ist es der Heilige Geist, ein Schutzengel, Jesus Christus oder mein höheres Selbst, um nur einige Vorstellungen zu nennen, die einem in entsprechenden Büchern angeboten werden.

Allerdings muss ich konstatieren: Die *Gnade* ist nicht reproduzierbar. Ich war schon öfter im Leben in einem seelisch-desolaten Zustand, indem ich diese Gnade leider nicht erfahren durfte. Hoffentlich liest sich das für Sie nicht zu abgehoben. Aber es war so.

Meine Mutter sagte vor rund 40 Jahren einmal treffend: »Früher hat Gott mit den Menschen direkt gesprochen, da war das Leben und die Entscheidungsfindung leichter – da hat Gott wörtlich formuliert, was er erwartet.« Ich nehme an, sie hat entsprechende Texte im Alten Testament damit gemeint.

Gäbe es also einen liebenden Gott und nähme er Anteil an dieser Welt und hielte man sich vor Augen, was die Menschheit mit sich selber, mit den Tieren, mit der Natur, ja mit dem gesamten Öko-System der Erde anstellt, könnte das das Auge des Schöpfers erfreuen? Wäre es nicht vielmehr so, dass er sich denken müsste: *Was ist da schon wieder für eine üble Brut geworden aus meinen Kindern, ist die Sintflut wohl schon zu lange her ... Verderbtheit überall ... Sex, Macht, Geld über alles. Rauben, morden, Frauen und Kinder vergewaltigen, Triebhaftigkeit, selbst innerhalb meiner Heiligen katholischen Kirche ...* Korruption in allen Systemen, Tiere werden gequält, der Planet vergiftet und Menschen ausgebeutet, alles um des finanziellen Vorteils willen oder der Befriedigung niederster Triebe. Allein der Hass, der auf den Straßen und Plätzen und in den *sozialen* Netzwerken kursiert, müsste Gott sich erschaudernd abwenden lassen. Und er greift nicht ein – oder in Wirklichkeit doch? Nur auf eine völlig andere Weise, als wir uns vorstellen? *Warum lässt Gott dieses ganze Elend zu, wenn es ihn gibt*, ist ein bei Atheisten beliebtes Argument. Was ist das mit der gewünschten und gewährten Freiheit – sich für das Gute aber auch das Böse zu entscheiden – und gibt es Konsequenzen? Angeblich Himmel, Hölle, Fegefeuer ...

Ein Pfarrer hat einmal eines Abends anlässlich einer Gesprächsrunde geäußert, dass es sich da um eine eher kindhafte Vorstellung handelt. Wen dem so ist, so haben die etablierten Institutionen das aber im Bewusstsein ihrer erwachsenen Gläubigen nie korrigiert. Ich, regelmäßige Kirchgängerin gewesen, katholisch, habe da nie etwas mitbekommen. Hätte ich nicht zahllose Bücher gelesen zum Thema Glauben, Esoterik, Spiritualität, wo derartige Aussagen der Bibel erklärt beziehungsweise relativiert werden, hätte ich diese Vorstellung heute noch. Mein Mann hatte sie, genau diese – nämlich dass er in die Hölle kommt, wenn er *gesündigt* hat (und er hatte genug gesündigt). Jedoch bin ich überzeugt, dass er nicht in einer jenseitigen *Hölle* gelandet ist, weil er im Prinzip dennoch ein guter rechtschaffener Mensch war.

Hat etwa Gott uns Wirbelstürme, Orkane, Starkregen, Dürren, Murenabgänge, Erdbeben, Baumsterben, Heuschreckenplagen *geschickt* und wir haben nicht gehört? Oder geschieht das Korrektiv aus uns selbst heraus, ausgelöst durch unser negatives destruktives Handeln, ohne dass Gott sich selber bemühen muss? Dass sich nämlich dadurch unser Umfeld (und die kollektive Schwingungsqualität, wie Esoteriker das formulieren) dermaßen ungünstig verändern, dass wir eben jetzt *Fegefeuer* oder gar *Hölle* als schwerewiegenden Folgen unseres verantwortungslosen Handelns in Form der Veränderung des Ökosystems, des Klimawandels erleben müssen? Dann hätten vielleicht auch Genese und die Verbreitung dieses neuartigen Coronavirus damit zu tun … Ich nehme an, dass diesem Standpunkt die meisten wissenschaftlich orientierten Menschen folgen können. Denn zugegebenermaßen hat nichts, keine Naturkatastrophe und keine Hungersnot, zu grundlegenden Änderungen im Verhalten des Menschen geführt. Jede Klimakonferenz endet relativ ergebnislos. Absichtserklärungen gibt es, ja, aber wenn es um Beschränkung und wirtschaftliche Einschnitte geht oder darum, dass Klimaschutz etwas kostet, machen alle Teilnehmer sofort einen Rückzieher und finden einen minimalen unverbindlichen Konsens …

Und der Verfall des Ökosystems der Erde schreitet fort. Der Regenwald brennt … Aus finanziellen Gründen natürlich, weil man Ackerland braucht. Dem Machthaber dort ist das Ökosystem der Erde wurscht. Nimmt aber Gott persönlichen Anteil an dieser Welt hier, an ihrer Entwicklung und an unserem Tun, denkt Gott sich vielleicht: *So, jetzt ist aber genug, jetzt zeige ich euch, wo's lang geht. Jetzt bekommt ihr einen unlösbaren Brocken zu schlucken, etwas das euch hilflos macht und zwingt, euch zu ändern; statt Sintflut diesmal ein Virus.*

Ich weiß, das klingt und ist vielleicht auch naiv, selbst die Kirchen kommen nicht auf so eine Idee, ihren Gläubigen so eine Vorstellung zu unterbreiten. Der moderne Mensch lehnt das rundheraus ab. Auch all meine vorsichtig offensiven Versuche, mich mit Leuten diesbezüglich auszutauschen, blieben erfolglos. Um philosophische Gespräche zu führen, fehlt mir das Umfeld. Und auch ich selber kann mich nicht wirklich damit anfreunden, obwohl es nicht unlogisch wäre. Aber war bedeutet das dann? Was geschieht momentan mit der Welt? Massive Änderung jedenfalls ...

Und was ist übrigens mit denen, die aufs Fußballfeld laufen und, deutlich sichtbar, um Gottes Hilfe für ihr Spiel bitten? Nehmen wir an, ein Spieler der gegnerischen Mannschaft bittet Gott auch um Hilfe – brächte man Gott damit nicht in ein Dilemma? Soll, unserer Auffassung nach, Gott parteiisch sein? Ist der liebe Gott überhaupt Fußballfan? Interessiert er sich überhaupt für unsere

Aktivitäten in der polaren Welt, die uns so bedeutsam erscheinen, für IHN jedoch bedeutungslos sein dürften?

Oder weiter: Was ist mit denen, die in Gottes Namen *heilige Kriege* führen? Das halte ich persönlich für besonders absurd. Eine Ausgeburt menschlicher Arroganz. Im Namen eines liebenden Gottes Brüder und Schwestern zu quälen und umzubringen und seine gesamte Schöpfung zu malträtieren … ein komischer Gott müsste das sein, der so etwas auch noch goutiert.

Da fällt mir ein: Das habe ich, als moderne Frau, ganz vergessen, es soll doch noch eine negative Macht, nämlich die von Satan geben. – Ja, zu dem würden diese ganzen Vorgänge hervorragend passen … der vorher zitierte *schönste Engel im Himmel* … Steckt der dahinter? Sitzt der auf seinem Haufen glühender Kohle und reibt sich die Hände? (Eine Metapher aus der Kindheit – heute humoristisch anmutend.)

Und Gottes Allmacht, Güte, Liebe? Er greift nicht ein, weil wir unseren freien Willen genutzt und uns – ich sage das ganz zaghaft – für die Vorzüge, die uns Satan offerierte, entschieden haben … Ich winde mich, das zu denken und noch mehr, das hier zu schreiben, aber passen würde es und unlogisch wäre es auch nicht …

Wenn so etwas wie *heilige Kriege im Namen Gottes* in sogenannten *heiligen Büchern* steht, ist für mich klar bewiesen, dass diese Menschenwerk sind und keinesfalls von einem liebenden allmächtigen Gott, sondern eher vom ehemals schönsten Engel im Himmel, der seinen freien Willen erprobt, inspiriert sein können. Es sei denn, mit den *heiligen Kriegen* wäre eher der Kampf in uns, nämlich gegen negative und destruktive Impulse tief verborgen in unserer Seele, gemeint. Dann wäre das allerdings von bestimmten Menschengruppen ziemlich falsch verstanden worden.

Und wenn es den allmächtigen Gott gibt, dann ist er ein Schöpfer für alle und es gibt natürlich nicht mehrere, sonst hätte er ja Konkurrenz, seine Macht wäre beschnitten, also könnte er nicht mehr allmächtig sein. Es ist nicht logisch, dass er ein *Zeus* wäre, der gegen andere Götter im Himmel kämpfen muss …

Uns, die wir uns hier in diesem *Tal der Tränen* abplagen müssen, reichen schon die lästigen Interventionen hier in der polaren Welt der Materie, die *Versuchungen* Luzifers, völlig aus. Unser *freier Wille*, der uns die Möglichkeit gibt, uns für Lug, Trug, Mord und Totschlag zu entscheiden – trotz der *12 Gebote*, die die modernen Menschen geflissentlich ignorieren – ist anstrengend … und dann drohen auch noch Konsequenzen … Hätten wir bloß diesen *freien Willen* nicht – viel bliebe uns erspart. So ein bisschen Determiniertheit wäre gar nicht so schlecht, man wüsste, wo die Grenzen sind, und müsste weniger Last der Entscheidung und Verantwortung tragen … (Ich könnte jetzt diesbezüglich auf das Thema *Kindererziehung* eingehen, lasse das aber an dieser Stelle wohlwollend …)

Eine Möglichkeit wäre also: Gott kümmert sich nicht um die Geschehnisse dieser Welt, er schaut unbeteiligt zu oder auch nicht und spielt Golf, wir sind ihm sozusagen egal, die Geschehnisse dieser Welt gehen an ihm vorbei. Dann bräuchte man aber auch nicht zu ihm beten und in die Kirche gehen. Er mischt sich nicht ein, lässt die Dinge laufen, die wir uns in Anwendung unseres freien Willens eingebrockt haben. Er hat uns diesen gegeben, wir haben ihn angenommen und müssen sehen, wie wir zurechtkommen.

Ein Satz aus der Bibel lautet: *Macht euch die Erde untertan.* Das wird eifrig verstanden als Freibrief für alle Gemeinheiten, die in dieser Welt ablaufen. Bestimmt hat Gott, falls dieser Spruch von ihm ist, dass so nicht gemeint, wie wir das interpretieren.

Das oben Beschriebene könnte schon plausibel klingen, für einen modernen Menschen. Und die schlussendliche Frage ist natürlich, ob es ihn überhaupt gibt … ob das Universum einfach zufällig entstand – via Urknall … Darwin hat so etwas in der Art postuliert.

Aber das glaube ich, ehrlich gesagt, auch nicht. Dazu ist das System dieser Welt zu brillant.

Als Jugendliche reflektierte ich bereits darüber: Was war vor dem Universum – vor dem Urknall – nichts? Was ist denn das Nichts, wieso entstand dann etwas und durch was oder wen? Hat das nicht doch eine höhere Macht initiiert – die man eventuell *Gott* nennen könnte …?

Dann gibt es noch die Lehren von Karma und Reinkarnation. Demzufolge bringt jeder Mensch in dieses Leben seine persönliche Bilanz früherer Leben mit, Soll und Haben, Talente und Mängel, günstige oder ungünstige Ausgangssituationen usw. Damit wären die individuellen Schicksale erklärbar und erschienen auf einmal auch gerechter. Dann gibt es noch den Begriff *Karma im Sofortvollzug* und das wäre wohl das, was wir momentan kollektiv erleben: Die Menschheit hat sich so viel Übles aufgeladen, dass sie jetzt die Quittung bekommt – aber auch die Gelegenheit, neu zu entscheiden, sich zu ändern …

Mir fällt die sinngemäße Aussage des Captains der *Enterprise*, Jean-Luc Picard aus der Science-

Fiktion-Serie *Star Trek* ein, der bei passender Gelegenheit einmal von sich gab: *»Die Menschheit ist erwachsen geworden, Hunger und Not existieren nicht mehr, es ist nicht länger ein erstrebenswertes Ziel, Geld und Vermögen anzuhäufen, sondern zu lernen und sich zu verbessern – ferne Welten zu erforschen ...«* Was für eine schöne Vorstellung, was für ein hehres Ziel wäre das. Man kann bezweifeln, ob die Menschheit das erreicht, ja überhaupt anstrebt, jemals da hinkommt. Sieht nicht danach aus.

Tatsächlich tendiere ich persönlich eher zur Variante *Karma* (das Christentum hat hierfür den Begriff *Vorsehung*, erklärt dem Gläubigen jedoch nicht dessen Mechanismus) und *Reinkarnation*. Dies ist für mich logischer als Willkür und Zufall. Die Energien, die wir in früheren Leben durch Worte und Werke kreieren, bleiben uns, die werden wir nicht einfach durch unser Ableben los. Und entsprechend dieser Energien beginnt dann die Ausgangssituation im Jenseitigen und dann im neuen Leben, in dem wir uns entscheiden können, es besser zu machen (das Adäquat in der christlichen Vorstellung war das sogenannte *Fegefeuer*). Wenn ich mir die Welt so ansehe, haben wir da ziemlich viele negative Energien aus jetzigem und früheren Leben abzuarbeiten. Wenn nicht freiwillig, in Form von guten Taten, dann in Form von Schicksalsschlägen ... Der kollektive *Schicksalsschlag der Menschheit*, den diese derzeit auszubaden hat, nämlich diese Pandemie, wäre ziemlich eindrücklich …

Ich las im Laufe meines Lebens viele Bücher über Spiritualität, mit diversen Hinweisen, die man in der Tat auch in der Literatur der katholischen Kirche findet, wenn man sie sucht. Spirituelle Inhalte, die einem normalen Christen, der die Weisheiten eher umschreibender, meist unverständlicher Predigten sonntäglich in der Kirche hört und jahrelangen, langweiligen Religionsunterricht in der Schule hinter sich hat, gar nicht bewusst sind (ich könnte Ihnen nicht sagen, was ich in elf Jahren Religionsunterricht damals gelernt habe, ich erinnere mich nicht, ich weiß nur noch, dass es furchtbar langweilig war). Interessante spirituelle Ansätze, die mit den naiven, für Kinder gedachten Vorstellungen, die einem in der Schulzeit beigebracht wurden, nicht viel gemein haben, erfährt man überhaupt nicht. Himmel – Hölle – Fegefeuer – Gottesfurcht – Vorsehung … da klingt für mich das Prinzip von *Karma und Reinkarnation* schon irgendwie plausibler, logischer und gerechter.

Bei meiner Sinnsuche stieß ich auf *Ein Kurs in Wundern*, den ich dann jahrelang studierte – unter Teilnahme von etlichen Einführungsseminaren der Übersetzerin ins Deutsche. Hier wird unter anderem klar geäußert, Zitat: *Es gibt IHN, aber Gott hat mit dieser Welt nichts zu tun, dessen kannst du sicher sein …* Starker Tobak. Die These ist Folgende: Ein Teil der Sohnschaft Gottes dachte: *Wie wäre es, von IHM getrennt zu sein …?* Damit begann der *Traum der Trennung von Gott* – Beginn der Polarität, damit wurde das Universum geschaffen, der Urknall sozusagen initiiert, und seitdem läuft das. Aber es wäre nur ein kollektiver Traum, keine Realität, in Wirklichkeit seien der heilige Sohn Gottes, nämlich Christus, und wir, die Sohnschaft, sicher und ungetrennt an Gottes Seite geblieben und alles (das Universum) wäre quasi nur ein Albtraum. Man könnte diesen *Traum der Trennung* mit der Entscheidung für den *freien Willen* des Christentums assoziieren, wie oben erwähnt … wo der schönste Engel im Himmel, nämlich Luzifer, sich für einen anderen Weg, nämlich den Weg der Trennung von Gott entschied. Gott hat das verhindert, ihm das sozusagen vermiest, indem er die Trennung durch den Heiligen Geist verhindert hat. Und so glauben Luzifer und all seine Anhänger (die *wir* sind) nur, von Gott getrennt zu sein und träumen den *Traum der Trennung* mit allem Leid und Schmerz und ein wenig Freude, die wir da erfahren … Ich finde, diese Trennung fühlt sich ziemlich real an und ziemlich mühsam.

Dieser ganze *Kurs in Wundern* ist eine Herausforderung. Nach dessen These haben wir uns dieses ganze Theater hier selber eingebrockt (es ist aber alles nicht so schlimm, weil nur ein Traum!) und es ist von IHM keine Hilfe zu erwarten, weil es für IHN weder eine Trennung von uns gibt, noch er mit diesem ganzen Desaster hier was zu tun hat. Der, der hilft, ist Christus, unser Bruder (der Teil der Sohnschaft, der den Traum der Trennung nicht mitgemacht hat), der nimmt Anteil und hilft, wenn er gebeten wird. Wenn aber Gott der Alleine ist und wir alle mit ihm verbunden geblieben sind, wie kann er dann von unserem blöden Albtraum nichts wissen? Rätselhaft ... hier muss ich leider verständnismäßig komplett aussteigen.

Ich erwähne diese Lehre, weil ich diesen Ansatz hoch anspruchsvoll, ja glaubwürdig finde – nämlich bezüglich der Überlegung, ob Gott etwas mit dieser Pandemie zu tun hat oder nicht. Nur verstehen kann ich ihn leider nicht. Schade. Aber vielleicht andere.

Bevor Sie mir jetzt dieses Buch in die Ecke werfen und sich denken *so ein Schmarrn*: Ich höre ja schon auf mit dieser These. Doch dass mit unserem Universum, das in Wirklichkeit gar nicht so ist, wie es uns erscheint, taucht auch in der modernen Physik auf. Befasst man sich nun ein wenig mit ihr, was einem Nichtstudierten dieser Fakultät halt so möglich ist, stellt man fest, dass Physiker bei ihren Forschungen viel Erstaunliches zutage gebracht haben, beispielsweise die Erforschung der Eigenschaft des Lichtes. Ich versuche das hier, natürlich laienhaft, wiederzugeben:

Licht-Teilchen – Photonen – ändern ihre Eigenschaft, Korpuskel oder Welle, wenn ein bewusster Geist sie betrachtet (in Experimenten bewiesen). Als Beispiel wurde am Schluss der Abhandlung angeführt, dass der Mond, so wie er sich uns darstellt, nur deshalb so existiert, weil er von einem bewussten Geist beobachtet wird … (die Physiker mögen mir meine dilettantischen Erklärungsversuche vergeben). Das heißt demnach, die feste Materie, wie wir sie wahrnehmen, existiert so nicht wirklich …

Es gibt in der Physik so viele beeindruckende faszinierende Forschungsansätze, wie Antimaterie, dunkle Materie, dunkle Energie, die Möglichkeit von Paralleluniversen, die String-Theorie usw., dass man als interessierter aufgeschlossener Bürger schier überwältigt wird.

So weit hergeholt mit dem Postulat, dass es diese Welt, so wie wir sie erleben, gar nicht gibt, ist das also in Wirklichkeit gar nicht …

Kapitel XVII

Bewältigungsstrategien und ... Hoffnung!

Ich befragte auch verschiedene Menschen persönlich, denen ich begegnete, wie es ihnen im Umgang mit der Seuche ergangen sein. Gleich als die Geschäfte im Bundesland Bayern wieder öffneten, das ja einige Wochen später dran war mit den Lockerungen, spazierte ich freudig in eines unserer Möbelhäuser und bestellte mir ein neues Bett. Mich mit einem solchen zu *belohnen*, hatte ich mir während des Lockdowns vorgenommen.

Nachdem alles ausgesucht und der Kaufvertrag unterschrieben war, befragte ich den sehr netten und kompetenten Verkäufer, wie es ihm ergangen sei. Seine Antwort: Er und seine Familie – er hat zwei Kinder – hätten eine sehr schöne und intensive Zeit zusammen verbracht, wie er sie noch nie erlebt hatte, weil noch nie so viel Raum für gemeinsames Erleben war. Er möchte das nicht missen. Allerdings war das Erlebte schon überschattet von der Furcht, seinen Arbeitsplatz zu verlieren, vor der wirtschaftlichen Entwicklung überhaupt.

Ein anderer Herr, ein Nachbar, erzählte mir, er habe eine intensive Beziehung zu den Vögeln aufgebaut, die er den ganzen Winter durch immer füttert. Er habe jetzt sogar einen Buntspecht, der regelmäßig auf seinen Balkon kommt, um sich seine Mahlzeit abzuholen.

Ein Dritter stöhnte, er habe sechs Kilo zugenommen, aber sonst gehe es ihm gut …

Demnach wurde nicht alles negativ erlebt in der Bevölkerung während des kompletten Herunterfahrens der gesamten Wirtschaft, wie in den Medien eher vermittelt.

Wie immer in der Welt der Polarität ist nicht alles schwarz oder weiß. Es gab nicht nur betrübliches, schweres Erleben für den einzelnen Menschen in dieser Zeit, doch die erheblichen wirtschaftlichen Auswirkungen, die sich gemäß Aussagen von Fachleuten im Herbst erst noch zeigen werden, die von vielen zitierten trüben Aussichten (*wir werden alle ärmer sein, oder den Gürtel enger schnallen müssen*) werden sich in naher Zukunft noch herausstellen.

Ende Juni 2020 waren bereits viele Lockerungen in Kraft getreten, die Bürger durften wieder zum Einkaufen gehen, die ersten Bundesländer traten schon ihren Urlaub an. Ab dem neuen Schuljahr sollte wieder regulärer Präsenz-Unterricht in den Schulen stattfinden. Man wollte zurück zur Normalität. Der Gruppendruck der unzufriedenen Protestierenden war groß, die Regierung musste handeln.

Die Gesellschaft hatte jetzt immensen Nachholbedarf, der nicht allein durch den Versandhandel gedeckt werden konnte: Genüsslich zum Einkaufen gehen, endlich wieder shoppen und flanieren, im Straßencafé sitzen und die Sonne genießen, zum Baden und zum Essen gehen – in unserem Kurort waren Ende Juni 2020 auch schon wieder die ersten Gäste zu sehen; geschäftiges Treiben stellte sich langsam wieder ein; viele Auto-Nummern aus allen Ecken der Republik und zwei Schweizer habe ich auch gesehen. Das ist ein sehr erfreulicher Prozess.

Der Kurplatz war wieder belebt, vor der Eisdiele standen sie Schlange – brav im Zwei-Meter-Abstand, die Hotels hatten ihre Terrassen hergerichtet, die Gäste speisten abends elegant, es gab bereits wieder kleinere Kurzkonzerte von Streichern mit Klavierbegleitung …

Im August waren die Übernachtungszahlen bereits höher als im Jahr zuvor, die Gäste wieder da. Die Fabriken arbeiteten und die Lufthansa flog wieder, bei Handwerkern war schon wieder kein Termin zu bekommen, obwohl … daran hatte auch Corona nichts geändert. Jedenfalls: Die Weltwirtschaft florierte vorher – warum sollte sie es nicht wieder tun? Ich habe das Gefühl, die Nation ist von Hoffnung und Optimismus erfüllt – ich bin es auch.

Kapitel XVIII

Die Pandemie flaut nicht ab ...

Im August ist der Sommer eingekehrt, jetzt auch mal Hitzewelle, die Menschen glauben und hoffen, dass sich diese Infektionsprobleme bei der Wärme einfach in Luft auflösen, so wie bei einer normalen Grippe, die schon lange abgeflaut wäre. Allein – es ist nicht der Fall. *SARS-CoV-2* verschwindet nicht – es bleibt, liegt sozusagen auf der Lauer. Jede Menschenansammlung, wie singende Menschen in der Kirche, feiernde Jugendliche oder Leute, die ihrer Arbeit gemeinschaftlich nachgehen ... immer wenn die Voraussetzung *eng an eng* gegeben ist, flackert eine Infektionswelle auf (wenn Gott uns wohlgesonnen zusähe, sollte es doch die in der Kirche Betenden und Singenden wenigstens nicht erwischen, doch dort flammen die Infekte leider trotzdem auf, es hat sich nämlich herausgestellt, dass beim Singen besonders viele Aerosole freigesetzt werden).

In einer Kirche war also ein Corona-Ausbruch. Ein singender Superspreader hat genügt. Gleichzeitig ist ein riesiger Corona-Ausbruch in einer Großschlachterei im Landkreis Gütersloh aufgetreten, stattliche 1500 Infizierte bei 7000 Getesteten.

Das hat auch schon auf das benachbarte Warendorf übergegriffen.

In vielen Schlachthöfen wird nun getestet und SARS-CoV-2-Infektionen gefunden (und gelegentlich in Asylunterkünften, zum Beispiel in Starnberg, weil dort einerseits durch die kühleren Temperaturbedingungen am Arbeitsplatz und andererseits beengten Wohnverhältnissen der Werktätigen, teilweise in Massenunterkünften, offenbar ideale Voraussetzungen für die Verbreitung dieses neuartigen Coronavirus herrschen).

Nach vielen Überlegungen hat endlich Armin Laschet, der Ministerpräsident von NRW, dem man den Stress ansah, was mir leidtut, da ich diesen Politiker doch als sympathisch, fair und kompetent empfinde, einen regionalen und zeitlich eng befristeten Lockdown angeordnet, Schulen und Kitas wurden geschlossen, man hatte drei infizierte Kinder gefunden. Vorher haben sich aber viele der in besagtem Schlachthof Arbeitenden bereits aus dem Staube gemacht, sie sind wahrscheinlich heimgefahren. Damit ist, fürchte ich, einer eventuellen erneuten Verbreitung Richtung Südosteuropa Tür und Tor geöffnet.

Schon gab es im Kreis Gütersloh über 100 Infizierte, was man durch umfangreiche Testungen feststellen konnte, die mit dem Schlachthof nicht in unmittelbarem Zusammenhang stehen … Natürlich – es ist logisch. Die Werktätigen dieses Schlachthofes waren ja nicht isoliert, sie sind nach Feierabend zum Einkaufen gegangen, vielleicht in Kneipen, auf Sportplätze oder trafen sich einfach zum sozialen Austausch auf der Straße. Jede Menge Möglichkeit, das Virus zu verbreiten.

Derweil werben Spanien, Italien und Österreich um Urlaubsgäste aus Deutschland. Die deutsche Bevölkerung will jetzt gerne in Urlaub fahren … und tut es bereits. Verstörende Bilder stark bevölkerter Strände an der Nord- und Ostsee gehen durch die Medien. Sie tun so, als sei die Pandemie erledigt.

Der bayerische Ministerpräsident hat ein Beherbergungsverbot für Bürger aus den Landkreisen Gütersloh und Warendorf angeordnet, ebenso andere Bundesländer, die Küstenregionen, Usedom usw. Sofort ging wieder ein Aufschrei wegen Diskriminierung durch das Land. Herrgott, es geht hier nicht um soziale Animositäten oder Unbequemlichkeiten, sondern um die Gefahr einer neuen Infektionswelle in Deutschland – man denke zurück an Ischgl: Ein einziger Infizierter hatte genügt, um eine gigantische Infektionswelle in Europa loszutreten. Und man halte sich vor Augen, dass in manchen Ländern, wie den USA, bereits die zweite Welle läuft. Man muss nun Rücksicht nehmen, die 14 Tage Inkubationszeit abwarten und eben dann in Urlaub fahren. Anders ist das nicht plausibel.

Gott sei Dank ziehen da alle Bundesländer an einem Strang. Mehrere haben ebenfalls entsprechende Beherbergungsverbote erlassen, man beschloss, das immer so zu handhaben. So wird solidarisch gehandelt und niemand benachteiligt. Wer verreisen will und aus einem Gebiet kommt, wo *Covid-19* neu aufgeflammt ist oder von vorneherein ein Risikogebiet war, muss sich zwei Tage vorher testen lassen; wenn negativ, darf gereist werden.

Ich halte das allerdings auch für einen bedenklichen Kompromiss. Der Virologe Alexander Kekulè erklärte Mitte Juni 2020 bei Markus Lanz, dass der Test innerhalb der Inkubationszeit negativ ausfällt und erst ein, zwei Tage vor Ausbruch der Krankheit positiv wird. Somit würde dieses Vorgehen auch nicht wirklich Sicherheit bedeuten.

Ein Bundesland nach dem anderen läutet die großen Ferien ein, die Grenzen des Schengenraums sind wieder geöffnet, die europäischen Nachbarländer werben mit ausgefeilten Hygienemaßnahmen um Gäste und die Menschen fahren in die Welt hinaus – bedauerlicherweise auch in Länder wie beispielsweise die Türkei und viele andere, die die Regierung als Risikogebiet ausgewiesen hat. Präsident Erdogan ist wütend, er hält sein Land für ungefährlich. Dann häuften sich die Meldungen in den Medien, dass in unseren europäischen Nachbarländern wie Spanien, Frankreich usw. die Neuinfektionszahlen erneut hochgehen. Verstörende Bilder von wild Feiernden am Ballermann auf Mallorca gehen erneut um den Globus. Abstände einhalten oder Mund-Nasen-Schutz tragen: Fehlanzeige. Die Regierung Spaniens reagiert zeitnah und schließt die Fan-Meilen und deren Bars wieder. Man sieht Gastronomen mit langen Gesichtern. Dieser Anblick ist sehr bedrückend. Sie leben davon, dass die Touristen sich bei ihnen wohlfühlen und konsumieren, sie brauchen die Umsätze, wie in allen anderen Ländern auch. Reporter zeigen Interviews mit Einheimischen: *Wenn uns Covid-19 nicht umbringt, dann verhungern wir …*

Alle Staaten haben so gehofft, dass es jetzt wieder aufwärtsgehen kann. Ginge es auch, wenn die Unvernunft der Menschen nicht so groß wäre. Überall haben die Hotels die strengen Hygiene-Auflagen erfüllt und freuen sich auf Gäste. Ich selber hatte mir im Juli einen Tagesausflug ins Salzkammergut, Bad Ischl gegönnt, das sind von mir aus nur gut 120 Kilometer. Ich musste auch mal einen Tapetenwechsel haben. Genussvoll fuhr ich am schönen Wolfgangsee entlang und kehrte dann in einer noblen Traditionskonditorei in Bad Ischl ein, die mich sehr beeindruckte. Aber der Massenauflauf dort verhagelte mir die Freude. Die Leute standen da eng an der Kuchentheke, quetschten sich durch die Eingangstür (in Österreich war schon kein Maskengebot mehr), drängten durch die Gasträume, einen freien Tisch suchend – ich ergatterte einen. Ich, an die Masken- und Abstandsdisziplin in Deutschland gewöhnt, erlebte das nachgerade als *furchtbar*. Mir verging der Appetit auf ein herrliches Stück Torte. Ich bestellte, aß, trank meinen Kaffee und sah zu, dass ich da wieder rauskam. *Wenn die Österreicher das so machen*, dachte ich mir, *dann bin ich auf die Fallzahlen neugierig*. Geradezu fluchtartig verließ ich diesen Ort wieder und fuhr nach Hause.

Man erlebte es deutlich – die Menschen hatten Lust am Leben, sie wollten sich vergnügen, amüsieren, die Freiheit der Entscheidung genießen – alle wollen das. Und es gelingt auch, wenn die Regeln eingehalten werden. Aber dann kommen verantwortungslose Menschen daher und feiern, als ob nichts wäre, als ob es *Covid-19* nicht geben würde, und bringen alles wieder in Gefahr. Wie erwähnt: Sie glauben es eben nicht, das Virus existiere gar nicht, sagen sie, alles nur üble Machenschaften aus irgendwelchen manipulativen Gründen. Die Kranken wären so auch krank geworden und die Toten ohnehin gestorben – so leicht machen es sich diese Leute, unterstützt von dubiosen selbst ernannten Fachleuten, die alles ganz anders sehen, die Maßnahmen der Regierung von Anfang an für völlig überzogen darstellen und überhaupt alle Vorsichtsmaßnahmen für völlig unverhältnismäßig halten. Die Meldungen eilen via sozialer Netzwerke über den Globus, Bücher werden darüber geschrieben, Bestseller, die diese alternative Sicht der Dinge auch noch befeuern und damit dem Leichtsinn eines Teils der Gesellschaft Vorschub leisten.

Anfang August beschloss ich, dass ich auch wieder in Urlaub fahren würde – für mich war die Zeit der Isolation hart. Also ging ich auf die Suche: Wo kann man hin, wo keinesfalls Horden von Menschen anzutreffen sind?

Diese Suche gestaltete sich als äußerst schwierig.

Der bayerische Ministerpräsident und Kollegen appellierten an die Bevölkerung, im eigenen Land zu bleiben und an der deutschen Küste oder in Bayern, Baden-Württemberg usw. Urlaub zu machen. Deutschland habe so viele schöne Regionen. Richtig. Und das Wetter passt heuer auch – für uns (für die Landwirte weniger). Das nahmen sich die Menschen auch zu Herzen: Die deutschen Strände strotzten nur so vor Menschenmassen, die bayerischen Alpen mit Oberbayern und dem Allgäu waren überfüllt, genauso die Seen, die Hotels waren ausgebucht, obwohl äußerst teuer … (unbezahlbar für mich). Dazu streikende Anrainer der schönen Urlaubsgebiete, die sich diesen Lärm und Müll, den die Menschen hinterlassen, nicht mehr gefallen lassen möchten … Selbst in unserem beschaulichen Kurort, Bad Griesbach, war wieder normales Leben eingekehrt. Da waren wieder flanierende Menschen zu sehen, die Blumenrabatten wunderschön von der Kurverwaltung bepflanzt, die Springbrunnen plätscherten, die Gastronomen hatten ihre Flächen für den Freisitz erweitert, um den vorgeschriebenen Abstand einhalten zu können, die Boutiquen machten auch wieder ihr Geschäft – schön anzusehen. Erleichtert nahm ich zur Kenntnis, dass die Gastronomie wieder florierte – aber an manchen Stellen muss ich leider konstatieren, dass die Abstandsregeln nicht eingehalten wurden. Bars und Kneipen waren ja ohnehin noch geschlossen, was äußerst hart war für die Betreiber und uns Gäste, so wie auch Künstler, Kinobesitzer und Schausteller nicht mehr aus noch ein wussten und teilweise bis heute auf dem Schlauch stehen. Und trotzdem fanden Menschen Wege, sich Schulter an Schulter mit ihrem Glas in der Hand hinzustellen, sich voller Freude bei der Begrüßung zu umarmen und abzubusseln ... Besonders anlässlich privater Veranstaltungen (Geburtstage, Hochzeiten usw.), die seit August in Restaurants, Kneipen und Wirtshäusern wieder abgehalten werden dürfen. Natürlich um den Gewerbetreibenden zu helfen, die Treffen würden sonst ohnehin nur in den privaten Raum verlagert, aber Meldungen von Covid-19-Ausbrüchen nach solchen Feiern häufen sich seitdem ...

Seit Ende Juli nehmen Covid-19-Erkrankungen europaweit wieder deutlich zu – so auch in Deutschland (weltweit war die Pandemie ohnehin nicht abgeflaut). Ich nehme an, und das hat sich einige Wochen durch intensives Testen auch bestätigt, es ist einerseits der vermehrten Reiseaktivitäten der Menschen und andererseits dem besagten Nachlassen der Disziplin der Leute, was das Einhalten der AHA-Regeln betrifft, geschuldet.

Als sich die Ferien dem Ende zuneigten, kamen jedenfalls Diskussionen auf, wie denn die Schulen wieder betrieben werden könnten und ob man etwa die Reiserückkehrer auf *Covid-19* testen müsse, noch dazu, wenn sie aus erklärten Risikogebieten heimkehren. Der Bundesgesundheitsminister, Jens Spahn, bekundete nun, er müsse prüfen, ob es rechtlich möglich sei, die besagte Personengruppe verpflichtend bei der Einreise zu testen.

Pah! *Jetzt* fing er an zu prüfen ... obwohl viele schon wieder zu Hause waren – ungetestet.

Es wurden also *freiwillige* Testungen an den Flughäfen, Bahnhöfen angeboten und auch eifrig in Anspruch genommen. Es gab absolut verantwortungsvolle Mitbürger, aber die Ignoranten lassen sich gewiss nicht freiwillig testen, wurden damit also leider nicht erfasst. Gut die Hälfte reisten gemäß Statistik ungetestet in die Republik hinein. Es stellte sich heraus, dass rund 1,5 Prozent der Getesteten positiv waren. Alarmierend ist, dass dieser Prozentsatz auch die Reisenden betraf, die nicht in Risikogebieten Urlaub gemacht hatten! Im *heute-journal* wurde Jens Spahn von Claus Kleber explizit auf diese Tatsache hingewiesen – ein eindeutiges und einsichtiges Statement habe ich nicht heraushören können, Politiker-Terminologie (viel reden und nichts sagen) war alles. Mit Sicherheit kann man diesen Prozentsatz auch für die ungetestete Gruppe übernehmen und die verteilen nun das Virus wieder übers Land. Logischerweise müssten *alle* aus Ausland Rückreisenden getestet werden, nicht nur die aus Risikogebieten.

Ich zum Beispiel habe mein stilleres Urlaubsplätzchen in Meran gefunden – kein Meer, kein See, nicht so begehrt. Ich verlebte schöne acht Tage, kehrte wieder heim und ging nach einigen Tagen zu meinem Hausarzt zum selbstbezahlten Testen – erwartungsgemäß negativ. Ich war sehr achtsam gewesen und das Hotel vorbildlich im Hygienehandling.

Ja, wunderbar, dachte ich mir, *da werden wir ja nie fertig*. Die einen schränken sich ein, geben ihr Bestes, verzichten gar auf ihren Urlaub und die anderen feiern und scheren sich einen feuchten Kehricht um Regeln und *Covid-19* und reisen gar in Risikogebiete.

Ich habe sehr bedauert, dass die Moderatoren der interessanten, das aktuelle Zeitgeschehen aufarbeitenden Talk-Runden allesamt in Urlaub waren. Am längsten hat noch Markus Lanz gearbeitet, aber dann war auch er weg. Die fachkundigen Reflexionen zu den aktuellen Vorgängen sind zur Information des Großteils der Bevölkerung schon immer wichtig. Aber klar, die haben hart und angestrengt gearbeitet, die brauchen auch ihren Urlaub.

Mich erinnerte das ganze Infektionsgeschehen sehr an Januar/Februar ...

Ich hatte tatsächlich gehofft, die Regierung hätte daraus gelernt – offenbar nicht. Jetzt wurden die gleichen Fehler wiederholt, nämlich aus Regionen, wo gehäuft Neuinfektionen aufgetreten sind, Reiserückkehrer einfach ins Land zu lassen. War dem Bundesgesundheitsminister nicht bewusst, dass die Ferien kommen und die Menschen reisen würden, auch in ausgewiesene Risikogebiete, und dass die sinnvollerweise getestet beziehungsweise in Quarantäne geschickt werden müssen, bevor sie wieder nach Deutschland gelassen werden? Monatelang hatte er Zeit, das juristisch zu prüfen und dann die Testungen der Rückreisenden zu organisieren, aber nein, jetzt, fünf vor zwölf fing er damit an. Vorausschauend denken ist wohl nicht drin. Das ärgert wirklich, weil Bevölkerung und Wirtschaft eventuell wieder darunter zu leiden haben. Offenbar hatten auch die Virologen und das RKI zu diesem Thema keine Idee, wenigstens hörte ich diesbezüglich nichts. Sehr enttäuschend, ja, erschütternd ist das …

Wo die EU bleibt, in diesem Zusammenhang, darüber wollen wir erst gar nicht reden. Ursula von der Leyen ist für mich, als Bürgerin, die die Nachrichten in mehreren Medien akribisch verfolgt, nahezu unsichtbar.

Karl Lauterbach mahnte immer – mittlerweile

völlig zu Unrecht angefeindet und beschimpft in den sozialen Netzwerken. Er ist der Einzige unter den öffentlich befragten Fachleuten, der immer ein klares Statement zu den Vorgängen abgegeben hat.

Der bayerische Ministerpräsident, Dr. Markus Söder, mahnte Anfang August. Zurecht. Zitat: *Alle Maßnahmen, die jetzt kommen, sind zu spät.* Das stellt sich derzeit leider als zutreffend heraus.

Mitte August flammten im ganzen Lande wieder Infektionsherde auf, bundesweit mittlerweile schon wieder über 1500 Fälle täglich, und zwar nicht nur in einzelnen Hotspots, sondern verteilt übers Land – die Reiserückkehrer, die meist aus der Türkei, Bosnien, Kosovo, Kroatien kamen (darunter viele ausländische Mitbewohner, die ihre Verwandten dort besucht haben). Unter ihnen viel zu viele leichtsinnigen Ignoranten, was Eingrenzung und Nachverfolgung sehr aufwendig und schwer bis unmöglich macht. Die Corona-Warn-App, für deren Entwicklung der Staat 20 Millionen Euro ausgegeben hat, könnte da hilfreich sein – jedoch haben gerade einmal 18 Millionen Menschen sie installiert.

Und wir waren schon so schön auf 200–300 Neuinfektionen täglich runter … man könnte weinen. Wir hatten geglaubt, wir hätten es bald geschafft …

Markus Söder fing an zu handeln und ordnete an, dass alle Einreisenden an den bayerischen Grenzen kostenlos getestet werden können, wohl um das Schlimmste zu verhindern, was für Bayern wirklich ein Kraftakt ist, sowohl was das Finanzielle als auch das Organisatorische anlangt. Bis zum 18.08. wurden an den acht bayerischen Testzentren bereits rund 175.000 Menschen getestet, wobei 2.339 Positive gefunden wurden.

Prompt ging etwas schief. Nach und nach wurde in den Medien bruchstückhafte Informationen veröffentlicht. Das Rote Kreuz hätte mit Ehrenamtlichen diese Aufgabe übernommen, die Daten der Getesteten würden wegen der Geschwindigkeit der angeordneten Maßnahme und der damit nicht möglichen Vorbereitung nicht digital, sondern manuell mittels Zettel erfasst und mit Bleistift ausgefüllt, Datenbögen würden nicht weitergegeben, würden von der Bereitschaftspolizei Bayerns nach München gebracht … ein Riesenaufwand aller Beteiligten, um 900 positiv Getestete benachrichtigen zu können. Stand Mitte August können rund 50 Positive einfach nicht ausfindig gemacht werden, weil unleserliche oder falsche Daten auf den Zetteln vermerkt wurden (die diese selber ausgefüllt haben). – Wer macht denn so was? Das kann doch nur Absicht sein! Wenn ich mein Testergebnis wissen will, fülle ich doch alles feinsäuberlich aus und gebe natürlich richtige Daten an. Waren da etwa Saboteure am Werk, die die ganze Aktion ad absurdum führen wollten? Sehr eigenartig … In den Medien wird darüber kein Wort verloren. Ich habe mit Verschwörungstheorien nichts am Hut – aber da scheint mir etwas gar nicht normal gelaufen zu sein …

Mittlerweile hat eine professionelle Firma diese Aufgaben übernommen und nun klappt das auch. Nun wurde aber mitgeteilt, dass deren Labor vorher auch schon ausgewertet hat, und Ende August mussten schon wieder 120 Ehrenamtliche des Roten Kreuzes einspringen, weil es wieder zu immensen Wartezeiten an der Grenze bei Passau kam – das darf zur Ehrenrettung der Ehrenamtlichen auch mal gesagt werden. Jedenfalls ist diesen ehrenamtlichen Helfern des Roten Kreuzes kein Vorwurf zu machen, die haben so viel geleistet, dass es unglaublich ist. Aufbau und Organisation mobiler Teststationen an den Autobahnen binnen kürzester Zeit, wo Massen von Reiserückkehrern getestet wurden – was für eine Leistung! Wer da überfordert war beziehungsweise was da genau schiefgelaufen ist, kann man den verschiedenen Pressemitteilungen allerdings nicht klar entnehmen.

Der bayerische Ministerpräsident ist verärgert und politisch leider beschädigt, fällt doch die Opposition nun über ihn her, selbst die Medien halten sich mit Hohn und Spott nicht zurück. Ein Ministerpräsident der neuen Bundesländer meckert, dass Bayern 900 Positive ins Land gelassen hat, die verspätet benachrichtigt wurden, während 50 Prozent der Rückreiser, also Tausende von Menschen, überhaupt nicht getestet wurden, weil sie nicht wollten. Aber wurde an den anderen deutschen Grenzen außerhalb Bayerns getestet? Nein! Dabei soll das erst einmal eines der Bundesländer nachmachen, was Bayern da für ganz Deutschland geleistet hat. Über 170.000 Tests wurden bei Reiserückkehrern gemacht! Und auch für durchreisende Europäer wohlgemerkt.

In Anbetracht dessen, dass 50 Prozent aller Urlauber ungetestet ins Land zurückdurften und angenommen lediglich 1,5 Prozent positiv sind, nimmt sich die geringe Zahl von rund 50 Positiven, die von Bayern nicht aufgefunden und benachrichtigt werden können, geradezu lächerlich gering aus.

Ende August kam es erneut zu Engpässen in der Bewältigung der vielen Rückreisenden, die getestet werden wollten, nunmehr half die Bundeswehr mit – super.

Und nun haben wir den Salat: Die Neuinfektionen lagen am 22.08. bereits wieder bei rund 2000.
Und in der *PNP* steht zu lesen, dass die signifikante Erhöhung der Zahlen in Niederbayern überwiegend auf Reiserückkehrer aus Südosteuropa be-
ruht, besonders schlimm ist wieder Rosenheim
betroffen.

Tatsächlich hat die Bundesregierung am 18.8.,
Tage später als Österreich, endlich Teile Kroatiens
auch als Risikogebiet eingestuft, aber die meisten
Rückreiser sind ohnehin schon wieder zu Hause,
weil ihre Ferien längst beendet sind.

Als Bürger empfindet man einfach, dass erfor-
derliche Maßnahmen der Regierung häufig zu spät
kommen.

Kapitel XIX

Resümee

Angeblich sollte sich die Pandemie *totlaufen*, wenn ein gewisser Durchseuchungsgrad in der Bevölkerung erreicht ist. Davon sind wir aber leider noch sehr weit entfernt beziehungsweise man ist von dieser Vorstellung abgekommen. Viele Fachleute halten es mittlerweile gar für unwahrscheinlich.

Es hat sich nämlich herausgestellt, dass zum Beispiel einzelne Infizierte vom März heute keine Antikörper mehr besitzen. Der Organismus hat keine nachhaltigen Antikörper gebildet, wie wir es von der Grippe her kennen, somit kann sich diese Person ohne Weiteres wieder infizieren und auch andere wieder anstecken. Und das wäre dann auch bezüglich einer Impfung ein Problem: Die müsste dann ggf. auch immer wiederholt werden. Wäre das so, dann hörte das nie auf …

Bleibt zu hoffen, dass man zu anderen Erkenntnissen kommt oder dieses Virus mutiert und sich in seiner Gefährlichkeit abschwächt.

Die Erfahrung zeigt nun, dass sämtliche Ignoranten, Corona-Leugner und Fachleute mit anderen Meinungen mit ihren Behauptungen nicht recht haben:

1. Das neuartige Corona-Virus *ist nicht so harmlos* wie die bisher bekannten Coronaviren. Es ist äußerst virulent und ansteckend, sogar über Aerosole, nicht nur über Tröpfchen- und Schmierinfektion.

2. Covid-19 ist *keine einfache Grippe*, die wieder verschwinden wird. Auch weil sie, jetzt im Sommer, eine völlig untypische Jahreszeit für eine Grippe, wieder massiv am Aufflammen ist. Die WHO meldet Mitte August die höchsten Infektionszahlen weltweit.

3. *Covid-19 befällt nicht nur den Respirationstrakt*, sondern multiple Organsysteme, ist also eher eine systemische Erkrankung, die entweder asymptomatische (symptomlose), oder leichte bis massiv schwere Krankheitsverläufe verursacht, einem geschwächten System jedoch häufig den Rest gibt und es dann zum Exitus kommen kann.

4. *Covid-19* ist *nicht nur für Menschen ab 60, Hochbetagte und Vorerkrankte gefährlich.* Unter die Risikogruppe fallen viele, meist gesundheitlich vorbelastete Menschen, auch in jungen und mittleren Jahren. Sie erleben teilweise schwere Verläufe.

Die Covid-19-Erkrankung einer bekannten FDP-Politikerin, die das mit ihren 49 Jahren erleben musste, belegt das beispielsweise. Zwar wieder genesen, leidet sie heute noch an mannigfachen Spät-Symptomen, was sie bei Talk-Shows und häufig bei Twitter kundtut.

Derzeit wird von vielen Jungen berichtet, die sich infizieren, besonders in Brasilien und Mexiko. Der mexikanische Präsident erzählte Mitte August, dass sein Land auch deshalb so stark betroffen sei, weil seine Bürger häufig Diabetes und Übergewicht und damit Vorerkrankungen hätten. Das Land hat 530.000 bestätigte Fälle, davon 57.774 Todesfälle zu beklagen.

5. *Nicht nur Alte und Gebrechliche versterben an diesem Virus*, also nicht nur Menschen, die ohnehin nicht mehr lange zu leben gehabt hätten. Nur ein Beispiel: Ein junger Mann war Gast bei Markus Lanz und erzählte, wie sich sein Vater, Anfang 50, gesund, beim Skiurlaub in Ischgl infizierte, heimfuhr, erkrankte, es ihm immer schlechter ging und er letztlich im Krankenhaus verstarb. Somit ist der Vorschlag von zum Beispiel Boris Palmer (Bhakdi hat in seinem Buch Ähnliches kurz angedeutet), nämlich die zur Risikogruppe Gehörenden zu isolieren, nicht zielführend, wäre es denn überhaupt durchführbar, weil auch viele schwer erkranken, die zu dieser Bevölkerungsgruppe überhaupt nicht gehören.

6. *Die Maßnahmen der Regierung Deutschlands waren weder nutzlos noch überzogen.* Was geschieht, wenn ignorante Machthaber (Trump, Bolsonaro usw.) die Seuche einfach laufen lassen, sieht man in den USA, Brasilien, Großbritannien usw.: Chaos und Massensterben. Im Gegenteil: Für meine Beobachtung waren die Maßnahmen teilweise sogar zu milde oder zu spät. Ich will hier aber ausdrücklich nicht auf die Verantwortlichen einprügeln, die Regierung hatte es mit einer nie da gewesenen Situation und die Virologen mit einem neuartigen Virus zu tun, von dem sie nichts wussten. Sie haben alle ihr Bestes gegeben. Wir sind alle nur Menschen.

7. Ob *Covid-19* eine *Übersterblichkeit* der Bevölkerung hervorruft, wird sich Ende des Jahres zeigen. In den Monaten der höchsten Infektionen in den Ländern war Übersterblichkeit statistisch gesehen jedoch klar und deutlich belegt.

Zurzeit, Ende September, mehren sich die Fallzahlen wieder, jedoch korrelieren Gott sei Dank die Todesfälle nicht damit und es kommen auch nicht so viele in die Intensivbehandlung. Das ist damit zu erklären, dass sich jetzt eher Menschen jüngeren und mittleren Alters infizieren, die Urlauber und Feiernden, die nicht so schwer erkranken, denn sie haben noch ein stabileres Immunsystem (sollten sie keine Vorerkrankungen haben). Wie sie das überstehen und wie groß deren Folgebeschwerden sein werden, wird sich erst noch herausstellen.

Es gibt viele Verantwortungsvolle unter ihnen, sie ließen sich ja schließlich testen, aber die Hälfte, die ungetestet ins Land zurückfuhr, die Party-Feiernden und die Corona-Ignoranten mischen sich unter die Bürger ... Deshalb ist leider zu befürchten, dass ein Eintrag, auch in die älteren Bevölkerungsschichten, stattfinden wird – dann könnte es wieder losgehen. So geschieht es gerade in Frankreich, wo die täglichen Fallzahlen erschreckenderweise wieder bei 10.000–15.000 liegen. Man bedenke, dass dieses Land einer unserer unmittelbaren Nachbarn ist. In Spanien sind es wieder über 10.000 täglich ...

Laufend werden derzeit, Ende September 2020, vom RKI neue Risikogebiete ausgewiesen, darunter die Schweiz, Tirol, Wien, Madrid, Brüssel usw. ... Italien hält sich – gottseidank.

Corona ist, jetzt im Herbst, mit Wucht wieder da in Europa.

Epilog

Ich bin gespannt, wie die Pandemie sich weiterentwickeln wird und ob ein Impfstoff gefunden werden kann. Das Wunschdenken, dass sie einfach abflauen wird und verschwindet, erfüllt sich leider nicht. Selbst dass wir uns mittlerweile in einer zweiten Welle befinden, wird mancherorts bezweifelt. Prof. Hendrik Streeck äußerte sich kürzlich dergestalt, dass wir nicht einer zweiten Welle entgegengingen, sondern vielmehr in einer *Dauer-Welle* wären – dann wäre aber die Bedrohung auch *dauerhaft* ... keine erhebenden Aussichten.

Erfreulicherweise arbeitet man bereits an Lösungsansätzen, Infektionen zu reduzieren, wie effiziente Filter für Belüftungs- und Klimaanlagen, die die Viren aus der Luft herausfiltern. Damit wäre der hauptsächliche Übertragungsweg über Aerosole im öffentlichen Raum, Schulen, Konzertsälen usw. gut eindämmbar. Diese Anlagen gibt es auch im Kleinformat für einzelne Klassenzimmer, Restaurants usw. – auch noch zu erschwinglichen Preisen.

Dann soll es ab nächstem Jahr Corona-Schnelltests geben, die nicht nur preiswert sind, sondern die der Bürger selbst durchführen kann. Auf diese Weise kann der Besuch, zum Beispiel eines

Events, durch einen Infizierten und damit ein Superspreading verhindert werden, indem er sich vorher testet, ob er negativ ist.

Das sind Hoffnungsstraßen, die jedoch nicht darüber hinwegtäuschen dürfen, dass man im Alltag die AHAL-Regeln (Lüften kommt nun noch hinzu) zwingend einhalten muss, will man sich nicht infizieren.

Wird keine effiziente Impfung und/oder geeignete Therapie gefunden, zwingt die Seuche die Konsumgesellschaft auf vieles zu verzichten – Wohlstand, Prosperität des Landes, persönliche Freiheiten … Die ganze Welt würde sich komplett ändern; Hungersnöte – mehr noch, als wir bisher schon haben – würden auftreten … man mag sich das gar nicht vor Augen führen. Wir müssten dann lernen, uns zu begnügen.

Einen Vorgeschmack davon bekamen wir im Lockdown, als wir lernen mussten, uns zurückzunehmen, uns zu bescheiden. Dinge, von denen wir vorher glaubten, dass sie unabdingbar für unser Lebensglück notwendig seien, waren auf einmal nicht mehr möglich … und in Teilen ging das sogar, sieht man von Existenziellem ab wie Wohnung und Arbeit.

Wenn es so käme – würden wir die Gelegenheit, die Welt zum Besseren zu wenden, ergreifen?

Würden gesellschaftspolitische, wirtschaftliche, bahnbrechend positive Veränderungen stattfinden? Weil wir gezwungen wären eine bessere, weil wieder heilere Welt zu erschaffen, weil es gar nicht anders ginge? Bekämen wir die Kurve?

Ehrlich gesagt glaube ich das nicht. Die Raffgier des Menschen ist zu groß. Aber hoffen kann man zumindest, dass es in Teilen gelänge, weil der Großteil der Bevölkerung normale Menschen sind, vernunftbegabt und einsichtig.

Gesetzt den Fall, die Pandemie kann erfolgreich bekämpft werden – werden wir in den alten Trott zurückfallen? Ich befürchte, dass genau das passieren wird. Wir haben es uns so gemütlich in unserem Wohlstand eingerichtet. Es wäre sehr bedauerlich, eine verpasste Gelegenheit …

Auch ohne bedrohliches Virus könnte eigentlich schon jetzt jeder persönlich dazu beitragen, in seinem eigenen Umfeld etwas zum Positiven zu bewegen, wie wenigstens flexitarische Ernährung (weniger und ökologischeren Fleischkonsum), weniger Energieverbrauch (zu Hause und mit dem Auto), weniger Plastikgebrauch (und damit Müllverhinderung), im Umgang mit Mensch und Tier wieder freundlicher und umsichtiger sein, nichts und niemanden verbal oder physisch zu verletzen, Anstand, Mitgefühl, Hilfsbereitschaft, Achtsamkeit üben …

Wir werden vorerst unseren Nächsten schützen müssen – indem wir die AHAL-Regeln einhalten – auch wenn's manchen schwerfällt beziehungsweise die Widerstände mancherorts groß sind. Der Menschheit wird hier eine Menge ethisches Verbesserungspotenzial geboten. Zufällig oder beabsichtigt? Oder ist es einfach die Gruppenenergie, dass generelle Schwingungspotential dieser Welt, das zur Regulation strebt?

Wenn wir alle, jeder für sich, etwas ändern, dann ändern wir schon mal die Welt, so viel steht fest. Mit oder ohne Virusgefahr.

Ich wünsche uns von Herzen, dass wir das möglichst gut durchstehen, wenigstens einige dieser hehren Ziele erreichen werden und vielleicht … wird die Menschheit nach der Pandemie ein Stück besser sein, bewusster, achtsamer – das wäre sehr erfreulich. Dann hätte dieser ganze Schrecken, die quälenden Unsicherheiten und Ängste, nicht zuletzt die gesundheitlichen Einschränkungen und der tragische Verlust der Menschen, die *Covid-19* dahingerafft hat, auch ihren positiven Aspekt.

Makaber natürlich, diese Gedanken in Anbetracht der vielen Toten, mittlerweile über eine Million, die dieser Seuche zum Opfer fielen. Ich bin überzeugt, es geht ihnen gut, wo immer sie jetzt sein mögen, und mein Mitgefühl ihren Hinterbliebenen.

Wenn es ihn denn gibt: Möge Gott uns inspirieren und beistehen!

Es wird ja gesagt, wir hätten auch diese Freiheit – nämlich IHN um Hilfe zu bitten, und ER hilft, wenn ER gebeten wird ... aber nur dann. Aber ... vielleicht will ER, dass wir uns diese Hilfe durch Einsicht verdienen ...

Zeitfracht Medien GmbH
Ferdinand-Jühlke-Straße 7
99095 Erfurt, Deutschland
produktsicherheit@kolibri360.de